TRES NOVELAS EJEMPLARES Y UN PRÓLOGO

COLECCIÓN AUSTRAL
N.º 70

MIGUEL DE UNAMUNO

TRES NOVELAS EJEMPLARES
Y UN PRÓLOGO

NOVENA EDICIÓN

ESPASA-CALPE, S. A.

Ediciones especialmente autorizadas por los herederos del autor para la

COLECCIÓN AUSTRAL

Primera edición, Buenos Aires: 12 - IV - 1939
Primera edición, Madrid: 21 - I - 1941
Segunda edición, Buenos Aires: 25 - VI - 1941
Segunda edición, Madrid: 27 - I - 1943
Tercera edición: 30 - I - 1943
Cuarta edición: 4 - XII - 1943
Quinta edición: 20 - VII - 1945
Sexta edición: 12 - XI - 1946
Séptima edición: 10 - VI - 1950
Octava edición: 9 - III - 1955
Novena edición: 26 - III - 1958

© Espasa-Calpe, S. A. Madrid

———

Depósito legal. M. 147. — 1958

PRINTED IN SPAIN
Acabado de imprimir el 26 de marzo de 1958

Talleres tipográficos de la Editorial ESPASA-CALPE, S. A.
Ríos Rosas, 26. — Madrid

PRÓLOGO

I

¡TRES NOVELAS EJEMPLARES Y UN PRÓLOGO! Lo mismo pude haber puesto en la portada de este libro *Cuatro novelas ejemplares.* ¿Cuatro? ¿Por qué? Porque este prólogo es también una novela. Una novela, entendámonos, y no una *nívola;* una novela.

Eso de *nívola,* como bauticé a mi novela —¡y tan novela!— *Niebla,* y en ella misma, página 158, lo explico, fué una salida que encontré para mis... —¿críticos? Bueno; pase— críticos. Y lo han sabido aprovechar porque ello favorecía su pereza mental. La pereza mental, el no saber juzgar sino conforme a precedentes, es lo más propio de los que se consagran a críticos.

Hemos de volver aquí en este prólogo —novela o nívola— más de una vez sobre la nivolería. Y digo hemos de volver así en episcopal primera persona del plural, porque hemos de ser tú, lector, y yo, es decir, nosotros, los que volvamos sobre ellos. Ahora, pues, a lo de *ejemplares*.

¿Ejemplares? ¿Por qué?

Miguel de Cervantes llamó ejemplares a las novelas que publicó después de su *Quijote* porque, según en el prólogo a ellas nos dice, "no hay ninguna de quien no se pueda sacar algún ejemplo provechoso". Y luego añade: "Mi intento ha sido poner en la gloria de nuestra república una mesa de trucos, donde cada uno pueda llegar a entretenerse sin daño de barras, digo, sin daño del alma ni del cuerpo, porque los ejercicios honestos y agradables antes aprovechan que dañan." Y en seguida: "Sí; que no siempre se está en los templos, no siempre se ocupan los oratorios, no siempre se asiste a los negocios por calificados que sean; horas hay de recreación donde el afligido espíritu descanse; para este efecto se plantan las alamedas, se buscan las fuentes, se allanan las cuestiones y se cultivan con curiosidad los jardines." Y agrega: "Una cosa me atreveré a decirte: que si por algún modo alcanzara que la lección de estas novelas pudiera inducir a quien las leyere a algún mal deseo o pensamiento, antes me cortara la mano con que las escribí que sacarlas en público; mi edad no está ya para burlarse con la otra vida, que al cincuenta y cinco de los años gano por nueve más y por la mano."

De lo que se colige: primero, que Cervantes
más buscó la ejemplaridad que hoy llamaría-
mos estética que no la moral en sus novelas,
buscando dar con ellas horas de recreación donde el afligido espíritu descanse, y segundo, que
lo de llamarlas ejemplares fué ocurrencia posterior a haberlas escrito. Lo que es mi caso.

Este prólogo es posterior a las novelas a que
precede y prologa como una gramática es posterior a la lengua que trata de regular y una
doctrina moral posterior a los actos de virtud
o de vicio que con ella tratan de explicarse. Y
este prólogo es, en cierto modo, otra novela;
la novela de mis novelas. Y a la vez la explicación de mi novelería. O si se quiere, *nivolería.*

Y llamo ejemplares a estas novelas porque
las doy como ejemplo —así, como suena—, ejemplo de vida y de realidad.

¡De realidad! ¡De realidad, sí!

Sus agonistas, es decir, luchadores —o si queréis los llamaremos personajes—, son reales,
realísimos, y con la realidad más íntima, con
la que se dan ellos mismos, en puro querer ser
o en puro querer no ser, y no con la que le den
los lectores.

II

Nada hay más ambiguo que eso que se llama realismo en el arte literario. Porque, ¿qué realidad es la de ese realismo?

Verdad es que el llamado realismo, cosa puramente externa, aparencial, cortical y anecdótica, se refiere al arte literario y no al poético o creativo. En un poema —y las mejores novelas son poemas—, en una creación, la realidad no es la del que llaman los críticos realismo. En una creación la realidad es una realidad íntima, creativa y de voluntad. Un poeta no saca sus criaturas —criaturas vivas— por los modos del llamado realismo. Las figuras de los realistas suelen ser maniquíes vestidos, que se mueven por cuerda y que llevan en el pecho un fonógrafo que repite las frases que su Maese Pedro recogió por calles y plazuelas y cafés y apuntó en su cartera.

¿Cuál es la realidad íntima, la realidad real,

la realidad eterna, la realidad poética o crea- tiva de un hombre? Sea hombre de carne y hue- so o sea de los que llamamos ficción, que es igual. Porque Don Quijote es tan real como Cervantes; Hamlet o Macbeth tanto como Sha- kespeare, y mi Augusto Pérez tenía acaso sus razones al decirme, como me dijo —véase mi novela (¡y tan novela!) *Niebla*, páginas 280 a 281— que tal vez no fuese yo sino un pretex- to para que su historia y las de otros, incluso la mía misma, lleguen al mundo.

¿Qué es lo más íntimo, lo más creativo, lo más real de un hombre?

Aquí tengo que referirme, una vez más, a aquella ingeniosísima teoría de Oliver Wendell Holmes —en su *The autocrat of the breakfast table, III*— sobre los tres Juanes y los tres To- mases. Y es que nos dice que cuando conversan dos, Juan y Tomás, hay seis en conversación, que son:

Tres Juanes.........
1. El Juan real; conocido sólo para su Hacedor.
2. El Juan ideal de Juan; nunca el real, y a menudo muy de- semejante de él.
3. El Juan ideal de Tomás; nunca el Juan real ni el Juan de Juan, sino a menudo muy de- semejante de ambos.

Tres Tomases.......
1. El Tomás real.
2. El Tomás ideal de Tomás.
3. El Tomás ideal de Juan.

Es decir, el que uno es, el que se cree ser y el que le cree otro. Y Oliver Wendell Holmes pasa a disertar sobre el valor de cada uno de ellos.

Pero yo tengo que tomarlo por otro camino que el intelectualista yanqui Wendell Holmes. Y digo que, además del que uno es para Dios —si para Dios es uno alguien— y del que es para los otros y del que se cree ser, hay el que quisiera ser. Y que éste, el que uno quiere ser, es en él, en su seno, el creador, y es el real de verdad. Y por el que hayamos querido ser, no por el que hayamos sido, nos salvaremos o perderemos. Dios le premiará o castigará a uno a que sea por toda la eternidad lo que quiso ser.

Ahora que hay quien quiere ser y quien quiere no ser, y lo mismo en hombres reales encarnados en carne y hueso que en hombres reales encarnados en ficción novelesca o nivolesca. Hay héroes del querer no ser, de la *noluntad*.

Mas antes de pasar más adelante cúmpleme explicar que no es lo mismo querer no ser que no querer ser.

Hay, en efecto, cuatro posiciones, que son dos positivas: *a*) querer ser; *b*) querer no ser; y dos negativas: *c*) no querer ser; *d*) no querer no ser. Como se puede: creer que hay Dios, creer que no hay Dios, no creer que hay Dios, y no creer que no hay Dios. Y ni creer que no hay Dios es lo mismo que no creer que hay Dios, ni querer no ser es no querer ser. De uno que no quiere ser difícilmente se saca una criatura poética, de novela; pero de uno que quiere no ser, sí. Y el que quiere no ser, no es, ¡claro!, un suicida.

El que quiere no ser lo quiere siendo.

¿Qué? ¿Os parece un lío? Pues si esto os parece un lío y no sois capaces, no ya sólo de comprenderlo, más de sentirlo y de sentirlo apasionada y trágicamente, no llegaréis nunca a crear criaturas reales y, por tanto, no llegaréis a gozar de ninguna novela, ni de la de vuestra vida. Porque sabido es que el que goza de una obra de arte es porque la crea en sí, la re-crea y se recrea con ella. Y por eso Cervantes en el prólogo a sus *Novelas ejemplares* hablaba de "horas de recreación". Y yo me he recreado con su Licenciado Vidriera, recreándolo en mí al re-crearme. Y el Licenciado Vidriera era yo mismo.

III

Quedamos, pues —digo, me parece que hemos quedado en ello...—, en que el hombre más real, *realis*, más *res*, más cosa, es decir, más causa —sólo existe lo que obra—, es el que quiere ser o el que quiere no ser, el creador. Sólo que este hombre que podríamos llamar, al modo kantiano, numénico, este hombre volitivo e ideal —de idea-voluntad o fuerza— tiene que vivir en un mundo fenoménico, aparencial, racional, en el mundo de los llamados realistas. Y tiene que soñar la vida que es sueño. Y de aquí, del choque de esos hombres reales, unos con otros, surgen la tragedia y la comedia y la novela y la nívola. Pero la realidad es la íntima. La realidad no la constituyen las bambalinas, ni las decoraciones, ni el traje, ni el paisaje, ni el mobiliario, ni las acotaciones, ni...

Comparad a Segismundo con Don Quijote,

dos soñadores de la vida. La realidad en la vida
de Don Quijote no fueron los molinos de vien-
to, sino los gigantes. Los molinos eran fenomé-
nicos, aparenciales; los gigantes eran numéni-
cos, substanciales. El sueño es el que es vida,
realidad, creación. La fe misma no es, según
San Pablo, sino la substancia de las cosas que
se esperan, y lo que se espera es sueño. Y la fe
es la fuente de la realidad, porque es la vida.
Creer es crear.

   ¿O es que la *Odisea*, esa epopeya que es una
novela, y una novela real, muy real, no es menos real cuando nos cuenta prodigios de ensueño que un realista excluiría de su arte?

IV

Sí, ya sé la canción de los críticos que se han agarrado a lo de la *nívola;* novelas de tesis, filosóficas, símbolos, conceptos personificados, ensayos en forma dialogada... y lo demás.

Pues bien; un hombre, y un hombre real, que quiere ser o que quiera no ser, es un símbolo, y un símbolo puede hacerse hombre. Y hasta un concepto. Un concepto puede llegar a hacerse persona. Yo creo que la rama de una hipérbola quiere —¡así, quiere!— llegar a tocar a su asíntota y no lo logra, y que el geómetra que sintiera ese querer desesperado de la unión de la hipérbola con su asíntota nos crearía a esa hipérbola como a una persona, y persona trágica. Y creo que la elipse quiere tener dos focos. Y creo en la tragedia o en la novela del binomio de Newton. Lo que no sé es si Newton la sintió.

¡A cualquier cosa llaman puros conceptos o entes de ficción los críticos!

Te aseguro, lector, que si Gustavo Flaubert sintió, como dicen, señales de envenenamiento cuando estaba escribiendo, es decir, creando, el de Ema Bovary, en aquella novela que pasa por ejemplar de novelas, y de novelas realistas, cuando mi Augusto Pérez gemía delante de mí —dentro de mí más bien—: "Es que yo quiero vivir, don Miguel, quiero vivir, quiero vivir..." —*Niebla*, página 287— sentía yo morirme.

"¡Es que Augusto Pérez eres tú mismo!..." —se me dirá—. ¡Pero no! Una cosa es que todos mis personajes novelescos, que todos los agonistas que he creado los haya sacado de mi alma, de mi realidad íntima —que es todo un pueblo—, y otra cosa es que sean yo mismo. Porque, ¿quién soy yo mismo? ¿Quién es el que se firma Miguel de Unamuno? Pues... uno de mis personajes, una de mis criaturas, uno de mis agonistas. Y ese yo último e íntimo y supremo, ese yo trascendente —o inmanente—, ¿quién es? Dios lo sabe... Acaso Dios mismo...

Y ahora os digo que esos personajes crepusculares —no de mediodía ni de medianoche— que ni quieren ser ni quieren no ser, sino que se dejan llevar y traer, que todos esos personajes de que están llenas nuestras novelas contemporáneas españolas no son, con todos los pelos y señales que les distinguen, con sus muletillas y sus tics y sus gestos, no son en su mayoría personas, y que no tienen realidad íntima. No hay un momento en que se vacíen, en que desnuden su alma.

A un hombre de verdad se le descubre, se le crea, en un momento, en una frase, en un grito. Tal en Shakespeare. Y luego que le hayáis así descubierto, creado, lo conocéis mejor que él se conoce a sí mismo acaso.

Si quieres crear, lector, por el arte, personas, agonistas-trágicos, cómicos o novelescos, no acumules detalles, no te dediques a observar exterioridades de los que contigo conviven, sino trátalos, excítalos si puedes, quiérelos sobre todo y espera a que un día —acaso nunca— saquen a luz y desnuda el alma de su alma, el que quieren ser, en un grito, en un acto, en una frase, y entonces toma ese momento, mételo en ti y deja que como un germen se te desarrolle en el personaje de verdad, en el que es de veras real. Acaso tú llegues a saber mejor que tu amigo Juan o que tu amigo Tomás quién es el que quiere ser Juan o el que quiere ser Tomás o quién es el que cada uno de ellos quiere no ser.

Balzac no era un hombre que hacía vida de mundo ni se pasaba el tiempo tomando notas de lo que veía en los demás o de lo que les oía. Llevaba el mundo dentro de sí.

V

Y es que todo hombre humano lleva dentro
de sí las siete virtudes y sus siete opuestos vicios capitales: es orgulloso y humilde, glotón y
sobrio, rijoso y casto, envidioso y caritativo,
avaro y liberal, perezoso y diligente, iracundo
y sufrido. Y saca de sí mismo lo mismo al tirano que al esclavo, al criminal que al santo,
a Caín que a Abel.

No digo que Don Quijote y Sancho brotaron
de la misma fuente porque no se oponen entre
sí, y Don Quijote era Sancho pancesco y Sancho Panza era quijotesco, como creo haber pro-
bado en mi *Vida de Don Quijote y Sancho*.
Aunque no falte acaso quien me salte diciendo
que el Don Quijote y el Sancho de esa mi obra
no son los de Cervantes. Lo cual es muy cierto.
Porque ni Don Quijote ni Sancho son de Cervantes ni míos, sino que son de todos los que
los crean y re-crean. O mejor, son de sí mismos,

y nosotros, cuando los contemplamos y creamos, somos de ellos.

Y yo no sé si mi Don Quijote es otro que el de Cervantes o si, siendo el mismo, he descubierto en su alma honduras que el primero que nos le descubrió, que fué Cervantes, no las descubrió. Porque estoy seguro, entre otras cosas, de que Cervantes no apreció todo lo que en el sueño de la vida del Caballero significó aquel amor vergonzoso y callado que sintió por Aldonza Lorenzo. Ni Cervantes caló todo el quijotismo de Sancho Panza.

Resumiendo: todo hombre humano lleva dentro de sí las siete virtudes capitales y sus siete vicios opuestos, y con ellos es capaz de crear agonistas de todas clases.

Los pobres sujetos que temen la tragedia, esas sombras de hombres que leen para no enterarse o para matar el tiempo —tendrán que matar la eternidad—, al encontrarse en una tragedia, o en una comedia, o en una novela, o en una nívola si queréis, con un hombre, con nada menos que todo un hombre, o con una mujer, con nada menos que una mujer, se preguntan: "¿Pero de dónde habrá sacado este autor esto?" A lo que no cabe sino una respuesta, y es: "¡de ti, no!" Y como no lo ha sacado uno de él, del hombre cotidiano y crepuscular, es inútil presentárselo, porque no lo reconoce por hombre. Y es capaz de llamarle símbolo o alegoría.

Y ese sujeto cotidiano y aparencial, ese que huye de la tragedia, no es mi sueño de una sombra, que es como Píndaro llamó al hombre. A lo sumo será sombra de un sueño, que dijo el Tasso. Porque el que siendo sueño de una sombra y teniendo la conciencia de serlo sufra con ello y quiera serlo o quiera no serlo, será un personaje trágico y capaz de crear y de re-crear en sí mismo personajes trágicos —o cómicos—, capaz de ser novelista; esto es: poeta y capaz de gustar de una novela, es decir, de un poema.

VI

¿Está claro?

La lucha, por dar claridad a nuestras creaciones, es otra tragedia.

Y este prólogo es otra novela. Es la novela de mis novelas, desde *Paz en la Guerra* y *Amor y Pedagogía* y mis cuentos —que novelas son— y *Niebla* y *Abel Sánchez* —ésta acaso la más trágica de todas—, hasta las TRES NOVELAS EJEMPLARES que vas a leer, lector. Si este prólogo no te ha quitado la gana de leerlas.

¿Ves, lector, por qué las llamo ejemplares a estas novelas? ¡Y ojalá sirvan de ejemplo!

Sé que en España, hoy, el consumo de novelas lo hacen principalmente mujeres. ¡Es decir, mujeres, no!, sino señoras y señoritas. Y sé que estas señoras y señoritas se aficionan principalmente a leer aquellas novelas que les dan sus confesores o aquellas otras que se las prohiben; o sensiblerías que destilan mangla o pornogra-

24

fías que chorrean pus. Y no es que huyan de lo que les haga pensar; huyen de lo que les haga conmoverse. Con conmoción que no sea la que acaba en... ¡Bueno, más vale callarlo!

Esas señoras y señoritas se extasían, o ante un traje montado sobre un maniquí, si el traje es de moda, o ante el desvestido o semi-desnudo; pero el desnudo franco y noble les repugna. Sobre todo el desnudo del alma.

¡Y así anda nuestra literatura novelesca!

Literatura... sí, literatura. Y nada más que literatura. Lo cual es un género de subsistencia, sujeta a la ley de la oferta y la demanda, y a exportación e importación, y a registro de aduana y a tasa.

Allá van, en fin, lectores y lectoras, señores, señoras y señoritas, estas tres novelas ejemplares, que aunque sus agonistas tengan que vivir aislados y desconocidos, yo sé que vivirán. Tan seguro estoy de esto como de que viviré yo.

¿Cómo? ¿Cuándo? ¿Dónde? Dios sólo lo sabe...

DOS MADRES

I

¡Cómo le pesaba Raquel al pobre don Juan!
La viuda aquella, con la tormenta de no tener
hijos en el corazón del alma, se le había agarrado y le retenía en la vida que queda, no en lo
que pasa. Y en don Juan había muerto, con el
deseo, la voluntad. Los ojos y las manos de Raquel apaciguaban y adormecían todos sus ape-
titos. Y aquel hogar solitario, constituído fuera
de la ley, era como en un monasterio la celda
de una pareja enamorada.

¿Enamorada? ¿Estaba él, don Juan, enamorado de Raquel? No, sino absorto por ella, su-
mergido en ella, perdido en la mujer y en su
viudez. Porque Raquel era, pensaba don Juan,
ante todo y sobre todo, la viuda y la viuda sin
hijos; Raquel parecía haber nacido viuda. Su
amor era un amor furioso, con sabor a muerte,
que buscaba dentro de su hombre, tan dentro
de él que de él se salía, algo de más allá de la

vida. Y don Juan se sentía arrastrado por ella a más dentro de la tierra. "¡Esta mujer me matará!" —solía decirse—, y al decírselo pensaba en lo dulce que sería el descanso inacabable, arropado en tierra, después de haber sido muerto por una viuda como aquella.

Hacía tiempo que Raquel venía empujando a su don Juan al matrimonio, a que se casase; pero no con ella, como habría querido hacerlo el pobre hombre.

RAQUEL. — ¿Casarte conmigo? ¡Pero eso, mi gatito, no tiene sentido!... ¿Para qué? ¿A qué conduce que nos casemos según la Iglesia y el Derecho Civil? El matrimonio se instituyó, según nos enseñaron en el Catecismo, para casar, dar gracia a los casados y que críen hijos para el cielo. ¿Casarnos? ¡Bien casados estamos! ¿Darnos gracia? ¡Ay, michino! —y al decirlo le pasaba por sobre la nariz los cinco finísimos y ahusados dedos de su diestra—, ni a ti ni a mí nos dan ya gracia con bendiciones. ¡Criar hijos para el cielo..., criar hijos para el cielo!

Al decir esto se le quebraba la voz y temblaban en sus pestañas líquidas perlas en que se reflejaba la negrura insondable de las niñas de sus ojos.

DON JUAN. — Pero ya te he dicho, Quelina, que nos queda un recurso, y es casarnos como Dios y los hombres mandan...

RAQUEL. — ¿Tú invocando a Dios, michino?

DON JUAN. — Casarnos así, según la ley, y adoptar un hijo...

RAQUEL. — ¡Adoptar un hijo...! Adoptar un hijo...! Sólo te faltaba decir que del Hospicio...

DON JUAN. — ¡Oh, no! Aquel sobrinillo tuyo, por ejemplo...

RAQUEL. — Ya te he dicho, Juan, que no hables de eso..., que no vuelvas a hablar de eso... Mi hermana, visto que tenemos fortuna...

DON JUAN. — Dices bien, tenemos...

RAQUEL. — ¡Claro que digo bien! ¿O es que crees que yo no sé que tu fortuna, como tú todo, no es sino mía, enteramente mía?

DON JUAN. — ¡Enteramente tuyos, Quelina!

RAQUEL. — Mi hermana nos entregaría cualquiera de sus hijos, lo sé, nos lo entregaría de grado. Y como nada me costaría obtenerlo, nunca podría tenerlo por propio. ¡Oh, no poder parir! ¡No poder parir! ¡Y morirse en el parto!

DON JUAN. — Pero no te pongas así, querida.

RAQUEL. — Eres tú, Juan, eres tú el que no debes seguir así... Un hijo adoptado, adoptivo, es siempre un hospiciano. Hazte padre, Juan, hazte padre, ya que no has podido hacerme madre. Si me hubieras hecho madre, nos habríamos casado, entonces sí... ¿Por qué bajas así la cabeza? ¿De qué te avergüenzas?

DON JUAN. — Me vas a hacer llorar, Raquel, y yo...

RAQUEL. — Sí, ya sé que tú no tienes la culpa, como no la tuvo mi marido, aquel...

DON JUAN. — Ahora eso...

RAQUEL. — ¡Bien! Pero tú puedes darme un hijo. ¿Cómo? Engendrándolo en otra mujer, hijo tuyo, y entregándomelo luego. ¡Y quiéralo ella o no lo quiera, que lo quiero yo y basta!

DON JUAN. — Pero cómo quieres que yo quiera a otra mujer...

RAQUEL. — ¿Quererla? ¿Qué es eso de quererla? ¿Quién te ha hablado de querer a otra mujer? Harto sé que hoy ya tú no puedes, aunque quieras, querer a otra mujer. ¡Ni yo lo consentiría! ¡Pero no se trata de quererla; se trata de empreñarla! ¿Lo quieres más claro? Se trata de hacerla madre. Hazla madre y luego dame el hijo, quiéralo ella o no.

DON JUAN. — La que se prestara a eso sería una...

RAQUEL. — ¿Con *nuestra* fortuna?

DON JUAN.—¿Y a qué mujer le propongo eso?

RAQUEL. — ¿Proponerle qué?

DON JUAN. — Eso...

RAQUEL. — Lo que has de proponerle es el matrimonio...

DON JUAN. — ¡Raquel!

RAQUEL. — ¡Sí, Juan, sí; el matrimonio! Tienes que casarte y yo te buscaré la mujer; una mujer que ofrezca probabilidades de éxito... Y que sea bien parecida, ¿eh?

Al decir esto se reía con una risa que sonaba a llanto.

RAQUEL. — Será tu mujer, y de tu mujer, ¡claro está!, no podré tener celos...

DON JUAN. — Pero ella los tendrá de ti...

RAQUEL. — ¡Natural! Y ello ayudará a nuestra obra. Os casaréis, os darán gracia, mucha gracia, muchísima gracia, y criaréis por lo menos un hijo... para mí. Y yo le llevaré al cielo.

DON JUAN. — No blasfemes...

RAQUEL. — ¿Sabes tú lo que es el cielo? ¿Sabes lo que es el infierno? ¿Sabes dónde está el infierno?

DON JUAN. — En el centro de la tierra, dicen.

RAQUEL. — O en el centro de un vientre estéril acaso...

DON JUAN. — ¡Raquel...! ¡Raquel...!

RAQUEL. — Y ven, ven acá...

Le hizo sentarse sobre las firmes piernas de ella, se lo apechugó como a un niño y, acercándole al oído los labios resecos, le dijo como en un susurro:

RAQUEL. — Te tengo ya buscada mujer... Tengo ya buscada la que ha de ser madre de nuestro hijo... Nadie buscó con más cuidado una nodriza que yo esa madre...

DON JUAN. — ¿Y quién es...?

RAQUEL. — La señorita Berta Lapeira... Pero, ¿por qué tiemblas? ¡Si hasta creía que te gustaría! ¿Qué? ¿No te gusta? ¿Por qué palideces?

¿Por qué lloras así? Anda, llora, llora, hijo mío... ¡Pobre don Juan!

DON JUAN. — Pero Berta...

RAQUEL. — ¡Berta, encantada! Y no por *nuestra* fortuna, no! ¡Berta está enamorada de ti, perdidamente enamorada de ti...! Y Berta, que tiene un heroico corazón de virgen enamorada, aceptará el papel de redimirte, de redimirte de mí, que soy, según ella, tu condenación y tu infierno. ¡Lo sé! ¡Lo sé! Sé cuánto te compadece Berta... Sé el horror que le inspiro... Sé lo que dice de mí...

DON JUAN. — Pero y sus padres...

RAQUEL. — ¡Oh! Sus padre, sus cristianísimos padres, son unos padres muy razonables... Y conocen la importancia de *tu* fortuna.

DON JUAN. — Nuestra fortuna...

RAQUEL. — Ellos, como todos los demás, creen que es tuya... ¿Y no es acaso legalmente tuya?

DON JUAN. — Sí; pero...

RAQUEL. — Sí, hasta eso lo tenemos que arreglar bien. Ellos no saben cómo tú eres mío, michino, y cómo es mío, mío sólo, todo lo tuyo. Y no saben cómo será mío el hijo que tengas de su hija... Porque lo tendrás, ¿eh, michino? ¿Lo tendrás?

Y aquí las palabras le cosquilleaban en el fondo del oído, al pobre don Juan, produciéndole casi vértigo.

RAQUEL. — ¿Lo tendrás, Juan, lo tendrás?

Don Juan. — Me vas a matar, Raquel...

Raquel. — Quién sabe... Pero antes dame el hijo... ¿Lo oyes? Ahí está la angelical Berta Lapeira. ¡Angelical! Ja... ja... ja...

Don Juan. — ¡Y tú, demoníaca! —gritó el hombre poniéndose en pie y costándole tenerse así.

Raquel. — El demonio también es un ángel, michino...

Don Juan. — Pero un ángel caído...

Raquel. — Haz, pues, caer a Berta; ¡hazla caer...!

Don Juan. — Me matas, Quelina, me matas...

Raquel. — ¿Y no estoy yo peor que muerta...?

Terminado esto, Raquel tuvo que acostarse. Y cuando más tarde, al ir don Juan a hacerlo junto a ella, a juntar sus labios con los de su dueña y señora, los encontró secos y ardientes como arena de desierto.

Raquel. — Ahora sueña con Berta y no conmigo. ¡O no, no! ¡Sueña con nuestro hijo!

El pobre don Juan no pudo soñar.

II

¿Cómo se le había ocurrido a Raquel proponerle para esposa legítima a Berta Lapeira? ¿Cómo había descubierto, no que Berta estuviese enamorada de él, de don Juan, sino que él, en sueños, estando dormido, cuando perdía aquella voluntad que no era suya, sino de Raquel, soñaba en que la angelical criatura viniese en su ayuda a redimirle? Y si en esto había un germen de amor futuro, ¿buscaba Raquel extinguirlo haciéndole que se casase con ella para hacer madre a la viuda estéril?

Don Juan conocía a Berta desde la infancia. Eran relaciones de familia. Los padres de don Juan, huérfano y solo desde muy joven, habían sido grandes amigos de don Pedro Lapeira y de su señora. Estos se habían siempre interesado por aquél y habíanse dolido como nadie de sus devaneos y de sus enredos con aventureras de ocasión. De tal modo, que cuando el pobre náu-

frago de los amores —que no del amor— recaló
en el puerto de la viuda estéril, alegráronse como
de una ventura del hijo de sus amigos, sin sos-
pechar que aquel puerto era un puerto de tormentas.

Porque, contra lo que creía don Juan, el se-
sudo matrimonio Lapeira estimaba que aquella
relación era ya a modo de un matrimonio; que
don Juan necesitaba de una voluntad que su-
pliera a la que le faltaba, y que si llegaban a
tener hijos, el de sus amigos estaba salvado. Y
de esto hablaban con frecuencia en sus comen-
tarios domésticos, en la mesa, a la tragicome-
dia de la ciudad, sin recatarse delante de su
hija, de la angelical Berta, que de tal modo
fué interesándose por don Juan.

Pero Berta, cuando oía a sus padres lamen-
tarse de que Raquel no fuese hecha madre por
don Juan y que luego se anudase para siempre
y ante toda ley divina y humana —o mejor teo-
crática y democrática— aquel enlace de aven-
tura, sentía dentro de sí el deseo de que no
fuera eso, y soñaba luego, a solas, con poder
llegar a ser el ángel redentor de aquel náufra-
go de los amores y el que le sacase del puerto
de las tormentas.

¿Cómo es que don Juan y Berta habían tenido el mismo sueño? Alguna vez, al encontrarse sus miradas, al darse las manos, en las
no raras visitas que don Juan hacía a casa de

los señores Lapeira, había nacido aquel sueño. Y hasta había sucedido tal vez, no hacía mucho, que fué Berta quien recibió al compañero de juegos de su infancia y que los padres tardaron algó en llegar.

Don Juan previó el peligro, y dominado por la voluntad de Raquel, que era la suya, fué espaciando cada vez más sus visitas a aquella casa. Cuyos dueños adivinaron la causa de aquella abstención. "¡Como le tiene dominado! ¡Le aisla de todo el mundo!" —se dijeron los padres. Y a la hija, a la angelical Berta, un angelito caído le susurró en el silencio de la noche y del sueño, al oído del corazón: "Te teme..."

Y ahora era Raquel, Raquel misma, la que le empujaba al regazo de Berta. ¿Al regazo?

El pobre don Juan echaba de menos el piélago encrespado de sus pasados amores de paso, presintiendo que Raquel le llevaba a la muerte. ¡Pero si él no tenía ningún apetito de paternidad...! ¿Para qué iba a dejar en el mundo otro como él?

¡Mas, qué iba a hacer...!

Y volvió, empujado y guiado por Raquel, a frecuentar la casa Lapeira. Con lo que se les ensanchó el alma a la hija y a sus padres. Y más cuando adivinaron sus intenciones. Empezando a compadecerse como nunca de la fascinación bajo que vivía. Y lo comentaban don Pedro y doña Marta.

Don Pedro. — ¡Pobre chico! Cómo se ve que sufre...

Doña Marta. — Y no es para menos, Pedro, no es para menos...

Don Pedro. — Nuestra Tomasa, ¿te recuerdas?, hablaría de un bebedizo... *love potion*

Doña Marta. — Sí, tenía gracia lo del bebedizo... Si la pobre se hubiese mirado a un espejo...

Don Pedro. — Y si hubiese visto cómo le habían dejado sus nueve partos y el tener que trabajar tan duro... Y si hubiese sido capaz de ver bien a la otra...

Doña Marta. — Así sois los hombres... Unos puercos todos...

Don Pedro. — ¿Todos?

Doña Marta. — Perdona, Pedro, ¡tú... no! Tú...

Don Pedro. — Pero, después de todo, se comprende el bebedizo de la viudita esa...

Doña Marta. — ¡Ah, picarón!, con que...

Don Pedro. — Tengo ojos en la cara, Marta, y los ojos siempre son jóvenes...

Doña Marta. — Más que nosotros...

Don Pedro. — ¿Y qué será de este chico ahora?

Doña Marta. — Dejémosle venir, Pedro... Porque yo le veo venir...

Don Pedro. — ¡Y yo! ¿Y ella?

Doña Marta. — A ella ya iré preparándola yo por si acaso...

Don Pedro. — Y esa relación...

Doña Marta. — ¿Pero no ves, hombre de Dios, que lo que busca es romperla? ¿No lo conoces?

Don Pedro. — Sin duda. Pero esa ruptura tendrá que costarle algún sacrificio...

Doña Marta. — Y aunque así sea... Tiene mucho, mucho, y aunque sacrifique algo...

Don Pedro. — Es verdad...

Doña Marta. — Tenemos que redimirle, Pedro; nos lo piden sus padres...

Don Pedro. — Y hay que hacer que nos lo pida también nuestra hija.

La cual estaba, por su parte, ansiando la redención de don Juan. ¿La de don Juan, o la suya propia? Y se decía: "Arrancarle ese hombre y ver cómo es el hombre de ella, el hombre que ha hecho ella, el que se le ha rendido en cuerpo y alma... ¡Lo que le habrá enseñado...! ¡Lo que sabrá mi pobre Juan...! Y él me hará como ella..."

De quien estaba Berta perdidamente enamorada era de Raquel, Raquel era su ídolo.

III

El pobre Juan, ya sin don, temblaba entre las dos mujeres, entre su ángel y su demonio redentores. Detrás de sí tenía a Raquel, y delante, a Berta, y ambas le empujaban. ¿Hacia dónde? Él presentía que hacia su perdición. Habíase de perder en ellas. Entre una y otra le estaban desgarrando. Sentíase como aquel niño que ante Salomón se disputaban las dos madres, sólo que no sabía cuál de ellas, si Raquel o Berta, le quería entero para la otra y cuál quería partirlo a muerte. Los ojos azules y claros de Berta, la doncella, como un mar sin fondo y sin orillas, le llamaban al abismo, y detrás de él, o mejor en torno de él, envolviéndole, los ojos negros y tenebrosos de Raquel, la viuda, como una noche sin fondo y sin estrellas, empujábanle al mismo abismo.

BERTA. —¿Pero qué te pasa, Juan? Desahógate de una vez conmigo. ¿No soy tu amiga de la niñez, casi tu hermana...?

DON JUAN. — Hermana... Hermana...

BERTA. — ¿Qué? No te gusta eso de hermana...

DON JUAN. — No la tuve; apenas si conocí a mi madre... No puedo decir que he conocido mujer...

BERTA. — Que no, ¿eh? Vamos...

DON JUAN. — ¡Mujeres... sí! ¡Pero mujer, lo que se dice mujer, no!

BERTA. — ¿Y la viuda esa, Raquel?

Berta se sorprendió de que le hubiese salido esto sin violencia alguna, sin que le tambaleara la voz, y de que Juan se lo oyera con absoluta tranquilidad.

DON JUAN. — Esa mujer, Berta, me ha salvado; me ha salvado de las mujeres.

BERTA. — Te creo. Pero ahora...

DON JUAN. — Ahora sí, ahora necesito salvarme de ella.

Y al decir esto sintió Juan que la mirada de los tenebrosos ojos viudos le empujaban con más violencia.

BERTA. — ¿Y puedo yo servirte de algo en eso...?

DON JUAN. — ¡Oh, Berta, Berta...!

BERTA. — Vamos, sí; tú, por lo visto, quieres que sea yo quien me declare...

DON JUAN. — Pero Berta...

BERTA. — ¿Cuándo te vas a sentir hombre, Juan? ¿Cuándo has de tener voluntad propia?

DON JUAN. — Pues bien, sí, ¿quieres salvarme?

BERTA. — ¿Cómo?

DON JUAN. — ¡Casándote conmigo!

BERTA. — ¡Acabáramos! ¿Quieres, pues, casarte conmigo?

DON JUAN. — ¡Claro!

BERTA. — ¿Claro? ¡Obscuro! ¿Quieres casarte conmigo?

DON JUAN. — ¡Sí!

BERTA. — ¿De propia voluntad?

Juan tembló al percatar tinieblas en el fondo de los ojos azules y claros de la doncella. "¿Habrá adivinado la verdad?", se dijo, y estuvo por arredrarse, pero los ojos negros de la viuda le empujaron diciéndole: "Digas lo que dijeres, tú no puedes mentir."

DON JUAN. — ¡De propia voluntad!

BERTA. — ¿Pero la tienes, Juan?

DON JUAN. — Es para tenerla para lo que quiero hacerte mi mujer...

BERTA. — Y entonces...

DON JUAN. — Entonces, ¿qué?

BERTA. — ¿Vas a dejar antes a esa otra?

DON JUAN. — Berta... Berta...

BERTA. — Bien, no hablemos más de ello, si quieres. Porque todo esto quiere decir que, sintiéndote impotente para desprenderte de esa mujer, quieres que sea yo quien te desprenda de ella. ¿No es así?

DON JUAN. — Sí, así es —y bajó la cabeza.

BERTA. — Y que te dé una voluntad de que careces...

DON JUAN. — Así es...

BERTA. — Y que luche con la voluntad de ella...

DON JUAN. — Así es...

BERTA. — ¡Pues así será!

DON JUAN. — ¡Oh Berta..., Berta...!

BERTA. — Estate quieto. Mírame y no me toques. Pueden de un momento a otro aparecer mis padres.

DON JUAN. — ¿Y ellos, Berta?

BERTA. — ¿Pero eres tan simple, Juan, como para no ver que esto lo teníamos previsto y tratado de ello...?

DON JUAN. — Entonces...

BERTA. — Que acudiremos todos a salvarte.

IV

El arreglo de la boda con Berta emponzoñó los cimientos todos del alma del pobre Juan. Los padres de Berta, los señores Lapeira, ponían un gran empeño en dejar bien asegurado y a cubierto de toda contingencia el porvenir económico de su hija, y acaso pensaban en el suyo propio. No era, como algunos creían, hija única, sino que tenían un hijo que de muy joven se había ido a América y del que no se volvió a hablar, y menos en su casa. Los señores Lapeira pretendían que Juan dotase a Berta antes de tomarla por mujer, y resistíanse, por su parte, a darle a su futuro yerno cuenta del estado de su fortuna. Y Juan se resistía, a su vez, a ese dotamiento, alegando que luego de casado haría un testamento en que dejase heredera universal de sus bienes a su mujer, después de haber entregado un pequeño caudal —y en esto sus futuros suegros estaban de acuerdo— a Raquel.

No era Raquel un obstáculo ni para los señores Lapeira ni para su hija. Aveníanse a vivir en buenas relaciones con ella, como con una amiga inteligente y que había sido en cierto modo una salvadora de Juan, seguros padres e hija de que ésta sabría ganar con suavidad y maña el corazón de su marido por entero, y que al cabo Raquel misma contribuiría a la felicidad del nuevo matrimonio. ¡Con tal que se le asegurase la vida y la consideración de las gentes decentes y de bien! No era, después de todo, ni una aventurera vulgar ni una que se hubiese nunca vendido al mejor postor. Su enredo con Juan fué obra de pura pasión, de compasión acaso —pensaban y querían pensar los señores Lapeira.

Pero lo grave del conflicto, lo que ni los padres de la angelical Berta ni nadie en la ciudad —¡y eso que se pretendía conocer a la viuda!— podía presumir era que Raquel había hecho firmar a Juan una escritura por la cual los bienes inmuebles todos de éste aparecían comprados por aquélla, y todos los otros valores que poseía estaban a nombre de ella. El pobre Juan no aparecía ya sino como su administrador y apoderado. Y esto supo la astuta mujer mantenerlo secreto. Y a la vez conocía mejor que nadie el estado de la fortuna de los señores Lapeira.

RAQUEL. — Mira, Juan, dentro de poco, tal vez antes de que os caséis, y en todo caso poco después de vuestra boda, la pequeña fortuna de los padres de Berta, la de tu futura esposa..., esposa, ¿eh?, no mujer, ¡esposa...!, la de tu futura esposa, será mía..., es decir, nuestra...

DON JUAN. — ¿Nuestra?

RAQUEL. — Sí, será para el hijo que tengamos, si es que tu esposa nos lo da... Y si no...

DON JUAN. — Me estás matando, Quelina...

RAQUEL. — Cállate, michino. Ya le tengo echada la garra a esa fortuna. Voy a comprar créditos e hipotecas...; ¡Oh, sí; después de todo, esa Raquel es una buena persona, toda una señora, y ha salvado al que ha de ser el marido de nuestra hija y el salvador de nuestra situación y el amparo de nuestra vejez! ¡Y lo será, vaya si lo será! ¿Por qué no?

DON JUAN. — ¡Raquel! ¡Raquel!

RAQUEL. — No gimas así, Juan, que pareces un cordero al que están degollando...

DON JUAN. — Y así es...

RAQUEL. — ¡No, no es así! ¡Yo voy a hacerte hombre; yo voy a hacerte padre!

DON JUAN. — ¿Tú?

RAQUEL. — ¡Sí, yo, Juan; yo, Raquel!

Juan se sintió como en agonía.

DON JUAN. — Pero dime, Quelina, dime —y al decirlo le lloraba la voz—, ¿por qué te enamoraste de mí? ¿Por qué me arrebataste? ¿Por qué me has sorbido el tuétano de la voluntad?

¿Por qué me has dejado como un pelele? ¿Por qué no me dejaste en la vida que llevaba...?

RAQUEL. —¡A estas horas estarías, después de arruinado, muerto de miseria y de podredumbre!

DON JUAN. —¡Mejor, Raquel, mejor! Muerto, sí; muerto de miseria y de podredumbre. ¿No es esto miseria? ¿No es podredumbre? ¿Es que soy mío? ¿Es que soy yo? ¿Por qué me has robado el cuerpo y el alma?

El pobre don Juan se ahogaba en sollozos.

Volvió a cogerle Raquel como otras veces maternalmente, le sentó sobre sus piernas, le abrazó, le apechugó a su seno estéril, contra sus pechos, henchidos de roja sangre que no logró hacerse blanca leche, y hundiendo su cabeza sobre la cabeza del hombre, cubriéndole los oídos con su desgreñada cabellera suelta, lloró, entre hipos, sobre él. Y le decía:

RAQUEL. —¡Hijo mío, hijo mío, hijo mío...! No te robé yo; me robaste tú el alma, tú, tú. Y me robaste el cuerpo... ¡Hijo mío..., hijo mío..., hijo mío...! Te vi perdido, perdido, perdido... Te vi buscando lo que no se encuentra... Y yo buscaba un hijo... Y creía encontrarlo en ti. Y creía que me darías el hijo por el que me muero... Y ahora quiero que me lo des...

DON JUAN. —Pero, Quelina, no será tuyo...

RAQUEL. —Sí, será mío, mío, mío... Como lo eres tú... ¿No soy tu mujer?

DON JUAN. — Sí, tú eres mi mujer...

RAQUEL. — Y ella será tu esposa. ¡Esposa!, así dicen los zapateros: "¡Mi esposa!" Y yo seré tu madre y la madre de vuestro hijo..., de mi hijo...

DON JUAN. — ¿Y si no le tenemos?

RAQUEL. — ¡Calla, Juan, calla! ¿Si no le tenéis? ¿Si no nos lo da...? Soy capaz de...

DON JUAN. — ¡Calla, Raquel, que la ronquera de tu voz me da miedo!

RAQUEL. — ¡Sí, y de casarte luego con otra!

DON JUAN. — ¿Y si consiste en mí...?

Raquel le echó de sí con gesto brusco, se puso en pie como herida, miró a Juan con una mirada de taladro; pero al punto, pasado el sablazo de hielo de su pecho, abrió los brazos a su hombre gritándole:

RAQUEL. — ¡No, ven; ven, Juan, ven! ¡Hijo mío! ¡Hijo mío! ¿Para qué quiero más hijo que tú? ¿No eres mi hijo?

Y tuvo que acostarle, calenturiento y desvanecido.

V

No, Raquel no consintió en asistir a la boda, como Berta y sus padres habían querido, ni tuvo que fingir enfermedad para ello, pues de veras estaba enferma.

RAQUEL. — No creí, Juan, que llegaran a tanto. Conocía su fatuidad y su presunción, la de la niña y la de sus papás; pero no los creía capaces de disponerse a afrontar así las conveniencias sociales. Cierto es que nuestras relaciones no han sido nunca escandalosas, que no nos hemos presentado en público haciendo alarde de ellas; pero son algo bien conocido de la ciudad toda. Y al empeñarse en que me convidaras a la boda no pretendían sino hacer más patente el triunfo de su hija. ¡Imbéciles! ¿Y ella? ¿Tu esposa?

DON JUAN. — Por Dios, Raquel, mira que...

RAQUEL. — ¿Qué? ¿Qué tal? ¿Qué tal sus abrazos? ¿Le has enseñado algo de lo que aprendiste de aquellas mujeres? ¡Porque de lo que yo te he enseñado no puedes enseñarle nada! ¿Qué tal *tu* esposa? Tú... tú no eres de ella...

DON JUAN. — No, ni soy mío...

RAQUEL. — Tú eres mío, mío, mío, michino, mío... Y ahora ya sabes vuestra obligación. A tener juicio, pues. Y ven lo menos que puedas por esta nuestra casa.

DON JUAN. — Pero, Raquel...

RAQUEL. — No hay Raquel que valga. Ahora te debes a tu esposa. ¡Atiéndela!

DON JUAN. — Pero si es ella la que me aconseja que venga de vez en cuando a verte...

RAQUEL. — Lo sabía. ¡Mentecata! Y hasta se pone a imitarme, ¿no es eso?

DON JUAN. — Sí, te imita en cuanto puede; en el vestir, en el peinado, en los ademanes, en el aire...

RAQUEL. — Sí; cuando vinisteis a verme la primera vez, en aquella visita de ceremonia casi, observé que me estudiaba...

DON JUAN. — Y dice que debemos intimar más, ya que vivimos tan cerca, tan cerquita, casi al lado...

RAQUEL. — Es su táctica para substituirme. Quiere que nos veas a menudo juntas, que compares...

DON JUAN. — Yo creo otra cosa...

RAQUEL. — ¿Qué?

DON JUAN. — Que está prendada de ti, que la subyugas...

Raquel dobló al suelo la cara, que se le puso de repente intensamente pálida, y se llevó las manos al pecho, atravesado por una estocada de ahogo. Y dijo:

RAQUEL. — Lo que hace falta es que todo ello fructifique...

Como Juan se le acercara en busca del beso de despedida —beso húmedo y largo y de toda la boca otras veces—, la viuda le rechazó, diciéndole:

RAQUEL. — No, ¡ahora, ya no! Ni quiero que se lo lleves a ella ni quiero quitárselo.

DON JUAN. — ¿Celos?

RAQUEL. — ¿Celos? ¡Mentecato! ¿Pero crees, michino, que puedo sentir celos de tu esposa...? ¿De tu esposa? Y yo, ¿tu mujer...? ¡Para casar y dar gracia a los casados y que críen hijos para el cielo! ¡Para el cielo y para mí!

DON JUAN. — Que eres mi cielo.

RAQUEL. — Otras veces dices que tu infierno...

DON JUAN. — Es verdad.

RAQUEL. — Pero ven, ven acá, hijo mío, toma...

Le cogió la cabeza entre las manos, le dió un beso seco y ardiente sobre la frente y le dijo en despedida:

RAQUEL. — Ahora vete y cumple bien con ella. Y cumplid bien los dos conmigo. Si no, ya lo sabes, soy capaz...

VI

Y era verdad que Berta estudiaba en Raquel la manera de ganarse a su marido, y a la vez la manera de ganarse a sí misma, de ser ella, de ser mujer. Y así se dejaba absorber por la dueña de Juan y se iba descubriendo a sí misma al través de la otra. Al fin, un día no pudo resistir, y en ocasión en que las dos, Raquel y Berta, le habían mandado a su Juan a una partida de caza con los amigos, fué la esposa a ver a la viuda.

BERTA. — Le chocará verme por aquí, así, sola...

RAQUEL. — No, no me choca... Y hasta esperaba su visita...

BERTA. — ¿Esperarla?

RAQUEL. — La esperaba, sí. Después de todo, algo me parece haber hecho por su esposo, por nuestro buen Juan, y acaso el matrimonio...

BERTA. — Sí, yo sé que si usted, con su amistad, no le hubiese salvado de las mujeres...

RAQUEL. — ¡Bah! De las mujeres...

BERTA. — Y he sabido apreciar también su generosidad...

RAQUEL. — ¿Generosidad? ¿Por qué? ¡Ah, sí ya caigo! ¡Pues no, no! ¿Cómo iba a ligarle a mi suerte? Porque, en efecto, él quiso casarse conmigo...

BERTA. — Lo suponía...

RAQUEL. — Pero como estábamos a prueba y la bendición del párroco, aunque nos hubiese casado y dado la gracia de casados, no habría hecho que criásemos hijos para el cielo... ¿Por qué se ruboriza así, Berta? ¿No ha venido a que hablemos con el corazón desnudo en la mano...?

BERTA. — ¡Sí, sí, Raquel, sí; hábleme así!

RAQUEL. — No podía sacrificarle así a mi egoísmo. ¡Lo que yo no he logrado, que lo logre él!

BERTA. — ¡Oh, gracias, gracias!

RAQUEL. — ¿Gracias? ¡Gracias, no! ¡Lo he hecho por él!

BERTA. — Pues por haberlo hecho por él... ¡gracias!

RAQUEL. — ¡Ah!

BERTA. — ¿Le choca?

RAQUEL. — No, no me choca; pero ya irá usted aprendiendo...

BERTA. — ¿A qué? ¿A fingir?

RAQUEL. — ¡No; a ser sincera!

BERTA. — ¿Cree que no lo soy?

RAQUEL. — Hay fingimientos muy sinceros. Y el matrimonio es una escuela de ellos.

BERTA. — ¿Y cómo...?

RAQUEL. — ¡Fuí casada!

BERTA. — ¡Ah, sí; es cierto que es usted viuda!

RAQUEL. — Viuda... Viuda... Siempre lo fuí. Creo que nací viuda... Mi verdadero marido se me murió antes de yo nacer... ¡Pero dejémonos de locuras y desvaríos. ¿Y cómo lleva a Juan?

BERTA. — Los hombres...

RAQUEL.—¡No, el hombre, el hombre! Cuando me dijo que yo le había salvado a nuestro Juan de las mujeres, me encogí de hombros. Y ahora le digo, Berta, que tiene que atender al hombre, a su hombre. Y buscar al hombre en él...

BERTA. — De eso trato; pero...

RAQUEL. — ¿Pero qué?

BERTA. — Que no le encuentro la voluntad...

RAQUEL. — ¿Y viene usted a buscarla aquí acaso?

BERTA. — ¡Oh, no, no! Pero...

RAQUEL. — Con esos peros no irá usted a ninguna parte...

BERTA. — ¿Y adónde he de ir?

RAQUEL. — ¿Adónde? ¿Quiere usted que le diga adónde?

Berta, intensamente pálida, vaciló, mientras los ojos de Raquel, acerados, hendían el silencio. Y al cabo:

BERTA. — Sí. ¿Adónde?

RAQUEL. — ¡A ser madre! Esa es su obligación. ¡Ya que yo no he podido serlo, séalo usted!

Hubo otro silencio opresor, que rompió Berta exclamando:

BERTA. — ¡Y lo seré!

RAQUEL. — ¡Gracias a Dios! ¿No le pregunté si venía acá a buscar la voluntad de Juan? ¡Pues la voluntad de Juan, de nuestro hombre, es ésa, es hacerse padre!

BERTA. — ¿La suya?

RAQUEL. — Sí, la suya. ¡La suya, porque es la mía!

BERTA. — Ahora más que nunca admiro su generosidad.

RAQUEL. — ¿Generosidad? No, no... Y cuenten siempre con mi firme amistad, que aun puede serles útil...

BERTA. — No lo dudo...

Y al despedirla, acompañándola hasta la puerta, le dijo:

RAQUEL. — ¡Ah! Diga usted a sus padres que tengo que ir a verlos...

BERTA. — ¿A mis padres?

RAQUEL. — Sí, cuestión de negocios... Para consolarme de mi viudez me dedico a negocios, a empresas financieras...

Y después de cerrar la puerta, murmuró: ¡Pobre esposa!

VII

Cuando, por fin, una mañana de otoño, le anunció Berta a su marido que iba a hacerle padre, sintió éste sobre la carne de su alma torturada el doloroso roce de las dos cadenas que le tenían preso. Y empezó a sentir la pesadumbre de su voluntad muerta. Llegaba el gran combate. ¿Iba a ser suyo, de verdad, aquel hijo? ¿Iba a ser él padre? ¿Qué es ser padre?

Berta, por su parte, sentíase como transportada. ¡Había vencido a Raquel! Pero a la vez sentía que tal victoria era un vencimiento. Recordaba palabras de la viuda y su mirada de esfinge al pronunciarlas.

Cuando Juan llevó la buena nueva a Raquel palideció ésta intensísimamente, le faltó el respiro, encendiósele luego el rostro, se le oyó anhelar, le brotaron gotas de sudor, tuvo que sentarse y, al cabo, con voz de ensueño, murmuró:

RAQUEL. — ¡Al fin te tengo, Juan!

Y le cogió y le apretó a su cuerpo, palpitante, frenéticamente, y le besó en los ojos y en la boca, y le apartaba de sí para tenerle a corto trecho, con las palmas de las manos en las mejillas de él, mirándole a los ojos, mirándose en las niñas de ellos, pequeñita, y luego volvía a besarle. Miraba con ahinco su propio retrato, minúsculo, en los ojos de él, y luego, como loca, murmurando con voz ronca: "¡Déjame que me bese!", le cubría los ojos de besos. Y Juan creía enloquecer.

RAQUEL. — Y ahora, ahora ya puedes venir más que antes... Ahora ya no la necesitas tanto....

DON JUAN. — Pues, sin embargo, es ahora cuando más me quiere junto a sí...

RAQUEL. — Es posible... Sí, sí, ahora se está haciendo... Es verdad... Tienes que envolver en cariño al pobrecito... Pero pronto se cansará ella de ti..., le estorbarás...

Y así fué. En los primeros meses, Berta le quería junto a sí y sentirse mimada. Pasábase las horas muertas con su mano sobre la mano de su Juan, mirándole a los ojos. Y sin querer, le hablaba de Raquel.

BERTA. — ¿Qué dice de esto?

DON JUAN. — Tuvo un gran alegrón al saberlo...

BERTA. — ¿Lo crees?

DON JUAN. — ¡Pues no he de creerlo...!

BERTA. — ¡Yo no! Esa mujer es un demonio... un demonio que te tiene fascinado.

DON JUAN. — ¿Y a ti no?

BERTA. — ¿Qué bebedizo te ha dado, Juan?

DON JUAN. — Ya salió aquello...

BERTA. — Pero ahora serás mío, sólo mío...

"¡Mío!, ¡mío! —pensó Juan—. ¡Así dicen las dos!"

BERTA. — ¡Tenemos que ir a verla!

DON JUAN. — ¿Ahora?

BERTA. — Ahora, sí, ahora. ¿Por qué no?

DON JUAN. — ¿A verla o a que te vea?

BERTA. — ¡A verla que me vea! ¡A ver cómo me ve!

Y Berta hacía que su Juan la pasease, e íbase colgada de su brazo, buscando las miradas de las gentes. Pero meses después, cuando le costaba ya moverse con soltura, ocurrió lo que Raquel había anticipado, y fué que ya su marido le estomagaba y que buscaba la soledad. Entró en el período de mareos, bascas y vómitos, y alguna vez le decía a su Juan: "¿Qué haces, hombre; qué haces ahí?" Anda, vete a tomar el fresco y déjame en paz... ¡Qué lástima que no paséis estas cosas vosotros los hombres...! Quítate de ahí, hombre; quítate de ahí, que me mareas... ¿No te estarás quieto? ¿No dejarás en paz esa silla...? ¡Y no, no, no me sobes! ¡Vete, vete y tarda en volver, que voy a acostarme! Anda, vete, vete a verla y comentad mi pasión... Ya sé, ya sé que quisiste casarte con ella, y sé por qué no te quiso por marido..."

DON JUAN. — Qué cosas estás diciendo, Berta...

BERTA. — Pero si me lo ha dicho ella, ella misma, que al fin es una mujer, una mujer como yo...

DON JUAN. — ¡Como tú..., no!

BERTA. — ¡No, como yo, no! Ella no ha pasado por lo que estoy pasando... Y los hombres sois todos unos cochinós... Anda, vete, vete a verla... Vete a ver a tu viuda...

Y cuando Juan iba de su casa a casa de Raquel y le contaba todo lo que la esposa le había dicho, la viuda casi enloquecía de placer. Y repetíase lo de los besos en los ojos. Y le retenía consigo. Alguna vez le retuvo toda la noche, y al amanecer, abriéndole la puerta para que se deslizase afuera, le decía tras del último beso: "Ahora que no te espera, vete, vete y consuélala con buenas palabras... Y dile que no la olvido y que espero..."

VIII

Juan se paseaba por la habitación como enajenado. Sentía pesar el vacío sobre su cabeza y su corazón. Los gemidos y quejumbres de Berta le llegaban como de otro mundo. No veía al señor Lapeira, a su suegro, sentado en un rincón obscuro a la espera del nieto. Y como el pobre Juan creía soñar, no se sorprendió al ver que la puerta se abría y entraba por ella... ¡Raquel!

—¿Usted? —exclamó don Pedro, poniéndose en pie.

RAQUEL. — ¡Yo, sí, yo! Vengo por si puedo servir de algo...

DON PEDRO. — ¿Usted, servir usted? ¿Y en este trance?

RAQUEL. — Sí, para ir a buscar algo o a alguien... Qué sé yo... No olvide, don Pedro, que soy viuda...

DON PEDRO. — Viuda, sí; pero...

RAQUEL. — ¡No hay pero! ¡Y aquí estoy!

DON PEDRO. — Bueno; voy a decírselo a mi mujer...

Y luego se oyó la conversación de Raquel y doña Marta.

DOÑA MARTA. — Pero, por Dios, señora...

RAQUEL. — ¿Qué, no soy una buena amiga de la casa?

DOÑA MARTA. — Sí, sí; pero que no lo sepa..., que no le oiga...

RAQUEL. — Y si me oye, ¿qué?

DOÑA MARTA. — Por Dios, señora, más bajo..., que no le oiga..., más bajo...

En aquel momento se oyó un grito desgarrador. Doña Marta corrió al lado de su hija y Raquel se quedó escuchando al silencio que siguió al grito. Luego se sentó. Y al sentir, al poco, que pasaba Juan a su lado, le detuvo cogiéndole de un brazo y le interrogó con un "¿qué?" de ansia.

DON JUAN. — Una niña...

RAQUEL. — ¡Se llamará Raquel!

Y desapareció la viuda.

IX

En la entrevista que Juan tuvo con sus suegros, los abuelos de la nueva mujercita que llegaba al mundo, le sorprendió el que al insinuar
él, lleno de temores y con los ojos de la viuda
taladrándole desde la espalda el corazón, que se
la llamara Raquel a su hija, los señores Lapeira
no opusieron objeción alguna. Parecían abru-
mados. ¿Qué había pasado allí?

DOÑA MARTA. — Sí, sí, le debemos tanto a esa
señora, tanto..., y después de todo, para ti ha
sido como una madre...

DON JUAN. — Sí, es verdad...

DOÑA MARTA. — Y aun creo más, y es que
debe pedírsele que sea madrina de la niña.

DON PEDRO. — Tanto más cuanto que eso sal-
drá al paso a odiosas habladurías de las gentes...

DON JUAN. — No dirán más, bien...

DON PEDRO. — No; hay que afrontar la mur-
muración pública. Y más cuando va extraviada.

¿O es que en esto no puedes presentarte en la calle con la cabeza alta?

Don Juan. — ¡Sin duda!

Don Pedro. — Bástele, pues, a cada cual su conciencia.

Y miró don Pedro a su mujer como quien ha dicho una cosa profunda que le realza a los ojos de la que mejor le debe conocer.

Y más grande fué la sorpresa —que se le elevó a terror del pobre Juan— cuando oyó que, al proponerle todo aquello, lo del nombre y lo del madrinazgo, a la madre de la niña, a Berta, ésta contestó tristemente: "¡Sea como queráis!" Verdad es que la pobre, a consecuencia de grandes pérdidas de sangre, estaba como transportada a un mundo de ensueño, con incesante zumbido de cabeza y viéndolo todo como envuelto en niebla.

Al poco, Raquel, la madrina, se instalaba casi en la casa y empezaba a disponerlo todo. La vió la nueva madre acercársele y la vió como a un fantasma del otro mundo. Brillábanle los ojos a la viuda con un nuevo fulgor. Se arrimó a la recién parida y le dió un beso, que, aunque casi silencioso, llenó con su rumor toda la estancia. Berta sentía agonizar en sueños un sueño de agonía. Y oyó la voz de la viuda, firme y segura, como de ama, que decía:

Raquel. — Y ahora, Berta, hay que buscar nodriza. Porque no me parece que en el estado en que se queda sea prudente querer criar a la niña. Correrían peligro las dos vidas...

Los ojos de Berta se llenaron de lágrimas.

RAQUEL. — Sí, lo comprendo, es muy natural. Sé lo que es una madre; pero la prudencia ante todo... Hay que guardarse para otras ocasiones...

BERTA. — Pero, Raquel, aunque muriese...

RAQUEL. — ¿Quién? ¿La niña? ¿Mi Quelina? No, no...

Y fué y tomó a la criatura y empezó a fajarla, y luego la besaba con un frenesí tal que la pobre nueva madre sentía derretírsele el corazón en el pecho. Y no pudiendo resistir la pesadilla, gimió:

BERTA. — Basta, basta, Raquel, basta. No vaya a molestarle. Lo que la pobrecita necesita es sueño..., dormir...

Y entonces Raquel se puso a mecer y a abrazar a la criaturita, cantándole extrañas canciones en una lengua desconocida de Berta y de los suyos, así como de Juan. ¿Qué le cantaba? Y se hizo un silencio espeso en torno de aquellas canciones de cuna que parecían venir de un mundo lejano, muy lejano, perdido en la bruma de los ensueños. Y Juan, oyéndolas, sentía sueño, pero sueño de morir, y un terror loco le llenaba el corazón vacío. ¿Qué era todo aquello? ¿Qué significaba todo aquello? ¿Qué significaba su vida?

X

Más adelante, cuando Berta fué reponiéndose y empezó a despertarse del doloroso ensueño del parto y se vió separada de su hijita, de su Quelina, por Raquel y por la nodriza que Raquel buscó y que la obedecía en todo, apercibióse a la lucha. Al fin vió claro en la sima en que cayera; al fin vió a quién y a qué había sido sacrificada. Es decir, no vió todo, no podía ver todo. Había en la viuda abismos a que ella, Berta, no lograba llegar. Ni lo intentaba, pues sólo el asomarse a ellos le daba vértigos. Y luego aquellas canciones de cuna en lengua extraña.

BERTA. — ¿Pero qué es eso que le canta?

RAQUEL. — ¡Oh, recuerdos de mi infancia...!

BERTA. — ¿Cómo?

RAQUEL. — No quiera saber más, Berta. ¿Para qué?

—No; ella, Berta, no podía querer saber más! ¡Sabía ya demasiado! ¡Ojalá no supiera tanto! ¡Ojalá no se hubiera dejado tentar de la serpiente a probar de la fruta del árbol de la ciencia del bien y del mal! Y sus padres, sus buenos padres, parecían como huídos de la casa. Había que llevarles la nietecita a que la vieran. ¡Y era la nodriza quien se la llevaba...!

Lo que sintió entonces Berta fué encendérsele en el pecho una devoradora compasión de su hombre, de su pobre Juan. Tomábale en sus brazos flacos como para ampararle de algún enemigo oculto, de algún terrible peligro, y apoyando su cabeza sudorosa y desgreñada sobre el hombro de su marido, lloraba, lloraba, lloraba, mientras su pecho, agitado por convulsos sollozos, latía sobre el pecho acongojado del pobre don Juan. Y como una de estas veces la esposa madre gimiese "¡Hijo mío! ¡Hijo mío...! ¡Hijo mío...!", quedóse luego como muerta de terror al ver la congoja de muerte que crispó, enjalbegándola, la cara de su Juan.

BERTA. — ¿Qué te pasa, hijo mío? ¿Qué tienes?

DON JUAN. — Calla, Quelina, calla, que me estás matando...

BERTA. — Pero si estás conmigo, Juan, conmigo, con tu Berta...

DON JUAN. — No sé dónde estoy...

BERTA. — ¿Pero qué tienes, hijo...?

DON JUAN. — No digas eso..., no digas eso..., no digas eso...

Berta adivinó todo el tormento de su hombre. Y se propuso irlo ganando, ahijándolo, rescatándoselo. Aunque para ello hubiese que abandonar y que entregar a la hija. Quería su hombre. ¡Su hombre!

Y él, el hombre, Juan, iba sintiéndose por su parte hombre, hombre más que padre. Sentía que para Raquel no fué más que un instrumento, un medio. ¿Un medio de qué? ¿De satisfacer un furioso hambre de maternidad? ¿O no más bien una extraña venganza, una venganza de otros mundos? Aquellas extrañas canciones de cuna que en lengua desconocida cantaba Raquel a Quelina, no a su ahijada, sino a su hija —su hija, sí, la de la viuda—, ¿hablaban de una dulce venganza, de una venganza suave y adormecedora como un veneno que hace dormirse? ¡Y cómo le miraba ahora Raquel a él, a su Juan! Y le buscaba menos que antes.

Pero cuando le buscaba y le encontraba eran los antiguos encuentros, sólo que más sombríos y más frenéticos.

RAQUEL. — Y ahora —le dijo una vez— dedícate más a tu Berta, a tu esposa, entrégate más a ella. Es menester que le des un hijo, que ella lo merece, porque ésta, mi Quelina, ésta es mía, mía, mía. Y tú lo sabes. Esta se debe a mí, me la debo a mí misma. Poco me faltó para hacerle a tu Berta, a nuestra Berta, parir sobre mis rodillas, como nos contaban en la Historia Sagrada. ¡Entrégate ahora a ella, hijo mío!

Don Juan. — Que me matas, Raquel.

Raquel. — Mira, Juan, son ya muchas las veces que me vas saliendo con esa cantilena, y estoy segura de que se la habrás colocado también a ella, a tu esposa, alguna vez. Si quieres, pues, matarte, mátate; pero no nos vengas a culparnos de ello. Pero yo creo que debes vivir, porque le haces todavía mucha falta a tu Berta en el mundo.

Y como Juan forcejease entonces por desprenderse de los brazos recios de Raquel, ésta le dijo abrazándole:

Raquel. — Sí, ya lo he visto...; ¡que nos vea!

Entró Berta.

Raquel. — *Te* he visto, Berta —y recalcó el *te*—; *te* he visto que venías.

Y poniendo su mano, como un yugo, sobre el cuello de Juan, de quien se apartó un poco entonces, prosiguió:

Raquel. — Pero te equivocas. Estaba ganándote a tu marido, ganándolo para ti. Estaba diciéndole que se te entregue y que se te entregue sin reservas. Te lo cedo. Pues que a mí me ha hecho ya madre, que te haga madre a ti. Y que puedas llamarle a boca llena ¡hijo! Si es que con esto de llamarle hijo no le estamos matando, como él dice. Ya sabrás la historia de las dos madres que se presentaron a Salomón reclamando un mismo niño. Aquí está el niño, el... ¡don Juan de antaño! No quiero que lo partamos en dos, que sería matarle como él dice. Tómalo todo entero.

BERTA. — Es decir, que tú...

RAQUEL. — ¡Yo soy aquí la madre de verdad, yo!

Entonces Berta, fuera de sí, cogió a su marido, que se dejaba hacer, del brazo, arrancándolo de bajo el yugo de Raquel, se lo presentó a ésta y le gritó:

BERTA. — ¡Pues bien, no! La madre soy yo, yo, yo... Y le quiero entero, le quiero más entero que tú. Tómalo y acaba de matarlo. ¡Pero dame a mi hija, devuélveme a mi hija!

RAQUEL. — ¿Qué hija?

BERTA. — A... a... a...

Le quemaba los labios el nombre.

RAQUEL. — ¿A mi Quelina? ¡Que es yo misma, yo...! ¿Que me entregue yo? ¿Que te entregue mi Quelina, mi Raquel, para que hagas de ella otra como tú, otra Berta Lapeira, otra como vosotras las honradas esposas? ¡Ah!, también yo fuí esposa; sí, esposa; también yo sé...

BERTA. — ¿Y qué culpa tengo yo de que ni tu marido ni luego Juan pudiesen contigo lo que éste conmigo ha podido, lo que he podido yo con él?

RAQUEL. — ¿Y tú, Juan, tú, *hi-jo mí-o*, te vas a repartir? ¿O estás para tu esposa entero?

Juan huyó de las dos.

XI

Juan huyó de las dos, y algo más. ¿Cómo fué ello? Sólo se supo que, habiendo salido en excursión hacia la sierra, en automóvil, lo volvieron a su casa moribundo y se murió en ella sin recobrar el conocimiento. Ni el *chauffeur,* ni el amigo que le acompañaba supieron explicar bien lo ocurrido. Al bordear un barranco le vieron desaparecer del carruaje —no sabían decir si porque cayó o porque se tirara—, le vieron rodar por el precipicio, y cuando luego le recogieron estaba destrozado. Tenía partida la cabeza y el cuerpo todo magullado.

¡Qué mirada la que Raquel y Berta se cruzaron sobre el cuerpo blanco y quieto de su Juan!

Berta. — Ahora lo de la niña, lo de mi hija, está claro...

Raquel. — Claro. ¿Y de qué va a vivir? ¿Quién la va a mantener? ¿Quién la va a educar? ¿Y cómo? Y tú, ¿de qué vas a vivir? ¿Y de qué van a vivir tus padres?

BERTA. — ¿Y la fortuna de Juan?

RAQUEL. — ¡Juan no deja fortuna alguna...! ¡Todo lo que hay aquí es mío! ¡Y si no lo sabías, ya lo sabes!

BERTA. — ¡Ladrona! ¡Ladrona! ¡Ladrona!

RAQUEL. — Esas son palabras, y no sabes quién le ha robado a quién. Acaso la ladrona eres tú...; las ladronas sois vosotras, las de tu condición. Y no quiero que hagáis de mi Quelina, de mi hija, una ladrona como vosotras... Y ahora piénsalo bien con tus padres. Piensa si os conviene vivir como mendigos o en paz con la ladrona.

BERTA. — ¿En paz?

RAQUEL. — ¡A los ojos del mundo en paz!

* * *

Berta tuvo largas conversaciones con sus padres, los señores Lapeira, y los tres, con un abogado de mucha nota y reputación, informáronse del testamento de don Juan, en que aparecía no tener nada propio; del estado de su fortuna, toda ella en poder de Raquel, y al cabo aceptaron el compromiso. Los sostendría Raquel, a la que había, a cambio, que ceder la niña.

El único consuelo era que Berta volvería a

ser madre y que Raquel consignaría un capita-
lito a nombre del hijo o hija póstuma del pobre
don Juan. Pero, ¿cómo se criaría esta desdicha-
da criatura?

RAQUEL. — Si te vuelves a casar —le dijo Raquel a Berta— te dotaré. Piénsalo. No se está
bien de viuda.

EL MARQUÉS DE LUMBRÍA

La casona solariega de los marqueses de Lumbría, el palacio, que es como se le llamaba en la adusta ciudad de Lorenza, parecía un arca de silenciosos recuerdos del misterio. A pesar de hallarse habitada, casi siempre permanecía con las ventanas y los balcones que daban al mundo cerrados. Su fachada, en la que se destacaba el gran escudo de armas del linaje de Lumbría, daba al Mediodía, a la gran plaza de la Catedral, y frente a la ponderosa y barroca fábrica de ésta; pero como el sol la bañaba casi todo el día, y en Lorenza apenas hay días nublados, todos sus huecos permanecían cerrados. Y ello porque el excelentísimo señor marqués de Lumbría, don Rodrigo Suárez de Tejada, tenía horror a la luz del sol y al aire libre. "El polvo de la calle y la luz del sol —solía decir— no hacen más que deslustrar los muebles y echar a perder las habitaciones, y luego, las moscas..." El marqués tenía verdadero horror a las moscas, que podían venir de un andrajoso mendigo, acaso de un tiñoso. El marqués temblaba ante posibles contagios de enfermedades plebeyas. Eran tan sucios los de Lorenza y su comarca...

Por la trasera daba la casona al enorme tajo escarpado que dominaba al río. Una manta de yedra cubría por aquella parte grandes lienzos del palacio. Y aunque la yedra era abrigo de ratones y otras alimañas, el marqués la respetaba. Era una tradición de familia. Y en un balcón puesto allí, a la umbría, libre del sol y de sus moscas, solía el marqués ponerse a leer mientras le arrullaba el rumor del río, que gruñía en el congosto de su cauce, forcejeando con espumarajos por abrirse paso entre las rocas del tajo.

El excelentísimo señor marqués de Lumbría vivía con dos hijas, Carolina, la mayor, y Luisa, y con su segunda mujer, doña Vicenta, señora de brumoso seso, que cuando no estaba durmiendo estaba quejándose de todo, y en especial del ruido. Porque así como el marqués temía al sol, la marquesa temía al ruido, y mientras aquél se iba en las tardes de estío a leer en el balcón en sombra, entre yedra, al son del canto secular del río, la señora se quedaba en el salón delantero a echar la siesta sobre una vieja butaca de raso, a la que no había tocado el sol, y al arrullo del silencio de la plaza de la Catedral.

El marqués de Lumbría no tenía hijos varones, y ésta era la espina dolorosísima de su vida. Como que para tenerlos se había casado, a poco de enviudar con su mujer, con doña Vicenta, su señora, y la señora le había resultado estéril.

La vida del marqués transcurría tan monótona y cotidiana, tan consuetudinaria y ritual, como el gruñir del río en lo hondo del tajo o como los oficios litúrgicos del cabildo de la Catedral. Administraba sus fincas y dehesas, a las que iba en visita, siempre corta, de vez en cuando, y por la noche tenía su partido de tresillo con el penitenciario, consejero íntimo de la familia, un beneficiado y el registrador de la Propiedad. Llegaban a la misma hora, cruzaban la gran puerta, sobre la que se ostentaba la placa del Sagrado Corazón de Jesús con su "Reinaré en España y con más veneración que en otras partes", sentábanse en derredor de la mesita —en invierno una camilla—, dispuesta ya, y al dar las diez, como por máquina de reloj, se iban alejando, aunque hubiera puestas, para el siguiente día. Entretanto, la marquesa dormitaba y las hijas del marqués hacían labores, leían libros de edificación —acaso otros obtenidos a hurtadillas— o reñían una con otra.

Porque como para matar el tedio que se corría desde el salón cerrado al sol y a las moscas, hasta los muros vestidos de yedra, Carolina y Luisa tenían que reñir. La mayor, Carolina, odiaba al sol, como su padre, y se mantenía rígida y observante de las tradiciones de la casa; mientras Luisa gustaba de cantar, de asomarse a las ventanas y los balcones y hasta de criar en éstos flores de tiesto, costumbre plebeya, según el marqués. "¿No tienes el jardín?", le decía éste a su hija, refiriéndose a un jardincillo anejo al palacio, pero al que rara vez bajaban sus habitantes. Pero ella, Luisa, quería tener tiestos en el balcón de su dormitorio, que daba a una calleja de la plaza de la Catedral, y regarlos, y con este pretexto asomarse a ver quién pasaba. "Qué mal gusto de atisbar lo que no nos importa...", decía el padre; y la hermana mayor, Carolina, añadía: "¡No, sino de andar a caza!" Y ya la tenían armada.

Y los asomos al balcón del dormitorio y el riego de las flores de tiestos dieron su fruto. Tristán Ibáñez del Gamonal, de una familia linajuda también y de las más tradicionales de la ciudad de Lorenza, se fijó en la hija segunda del marqués de Lumbría, a la que vió sonreír, con ojos como de violeta y boca como de geranio, por entre las flores del balcón de su dormitorio. Y ello fué que, al pasar un día Tristán por la calleja, se le vino encima el agua del riego que rebosaba de los tiestos, y al exclamar Luisa: "¡Oh, perdone, Tristán!", éste sintió como si la voz doliente de una princesa presa en un castillo encantado le llamara a su socorro.

—Esas cosas, hija —le dijo su padre—, se hacen en forma y seriamente. ¡Chiquilladas, no!

—Pero, ¿a qué viene eso, padre? —exclamó Luisa.

—Carolina te lo dirá.

Luisa se quedó mirando a su hermana mayor, y ésta dijo:

—No me parece, hermana, que nosotras, las hijas de los marqueses de Lumbría, hemos de andar haciendo las osas en cortejeos y pelando la pava desde el balcón como las artesanas. ¿Para eso eran las flores?

—Que pida entrada ese joven —sentenció el padre—, y pues que, por mi parte, nada tengo que oponerle, todo se arreglará. ¿Y tú, Carolina?

—Yo —dijo ésta— tampoco me opongo.

Y se le hizo a Tristán entrar en la casa como pretendiente formal a la mano de Luisa. La señora tardó en enterarse de ello.

Y mientras transcurría la sesión de tresillo, la señora dormitaba en un rincón de la sala, y, junto a ella, Carolina y Luisa, haciendo labores de punto o de bolillos, cuchicheaban con Tristán, al cual procuraban no dejarle nunca solo con Luisa, sino siempre con las dos hermanas. En esto era vigilantísimo el padre. No le importaba, en cambio, que alguna vez recibiera a solas Carolina al que había de ser su cuñado, pues así le instruiría mejor en las tradiciones y costumbres de la casa.

* * *

Los contertulios tresillistas, la servidumbre de la casa y hasta los del pueblo, a quienes intrigaba el misterio de la casona, notaron que a poco de la admisión en ésta de Tristán como novio de la segundona del marqués, el ámbito espiritual de la hierática familia pareció espesarse y ensombrecerse. La taciturnidad del marqués se hizo mayor, la señora se quejaba más que nunca del ruido, y el ruido era menor que nunca. Porque las riñas y querellas entre las dos hermanas eran mayores y más enconadas que antes, pero más silenciosas. Cuando, al cruzarse en un pasillo, la una insultaba a la otra, o acaso la pellizcaba, hacíanlo como en susurro y ahogaban las quejas. Sólo una vez oyó Mariana, la vieja doncella, que Luisa gritaba: "Pues lo sabrá toda la ciudad, ¡sí, lo sabrá la ciudad toda! ¡Saldré al balcón de la plaza de la Catedral a gritárselo a todo el mundo!" "¡Calla!" —gimió la voz del marqués, y luego una expresión tal, tan inaudita allí, que Mariana huyó despavorida de junto a la puerta donde escuchaba.

A los pocos días de esto, el marqués se fué de Lorenza, llevándose consigo a su hija mayor,

Carolina. Y en los días que permaneció ausente, Tristán no pareció por la casa. Cuando regresó el marqués solo, una noche se creyó obligado a dar alguna explicación a la tertulia del tresillo. "La pobre no está bien de salud —dijo mirando fijamente al penitenciario—; ello la lleva, ¡cosa de nervios!, a constantes disensiones, sin importancia, por supuesto, con su hermana, a quien, por lo demás, adora, y la he llevado a que se reponga." Nadie le contestó nada.

Pocos días después, en familia, muy en familia, se celebraba el matrimonio entre Tristán Ibáñez del Gamonal y la hija segunda del excelentísimo señor marqués de Lumbría. De fuera no asistieron más que la madre del novio y los tresillistas.

Tristán fué a vivir con su suegro, y el ámbito de la casona se espesó y entenebreció más aún. Las flores del balcón del dormitorio de la recién casada se ajaron por falta de cuidado; la señora se dormía más que antes, y el señor vagaba como un espectro, taciturno y cabizbajo, por el salón cerrado a la luz del sol de la calle. Sentía que se le iba la vida, y se agarraba a ella. Renunció al tresillo, lo que pareció su despedida del mundo, si es que en el mundo vivió. "No tengo ya la cabeza para el juego —le dijo a su confidente el penitenciario—; me distraigo a cada momento y el tresillo no me distrae ya; sólo me queda prepararme a bien morir."

Un día, amaneció con un ataque de perlesía. Apenas si recordaba nada. Mas en cuanto fué recobrándose, parecía agarrarse con más desesperado tesón a la vida. "No, no puedo morir hasta ver cómo queda la cosa." Y a su hija, que le llevaba la comida a la cama, le preguntaba ansioso: "¿Cómo va eso? ¿Tardará?" "Ya no mucho, padre." "Pues no me voy, no debo irme, hasta recibir al nuevo marqués; porque tiene que ser varón, ¡un varón!; hace aquí falta un hombre, y si no es un Suárez de Tejada, será un Rodrigo y un marqués de Lumbría." "Eso no depende de mí, padre..." "Pues eso más faltaba, hija —y le temblaba la voz al decirlo—, que después de habérsenos metido en casa ese... botarate, no nos diera un marqués... Era capaz de..." La pobre Luisa lloraba. Y Tristán parecía un reo y a la vez un sirviente.

La excitación del pobre señor llegó al colmo cuando supo que su hija estaba para librar. Temblaba todo él con fiebre de expectativa. "Necesitaba más cuidado que la parturiente" —dijo el médico.

—Cuando dé a luz Luisa —le dijo el marqués a su yerno—, si es hijo, si es marqués, tráemelo en seguida, que lo vea, para que pueda morir tranquilo; tráemelo tú mismo.

Al oír el marqués aquel grito, incorporóse en la cama y quedó mirando hacia la puerta del cuarto, acechando. Poco después entraba Tristán, compungido, trayendo bien arropado al niño. "¡Marqués!" —gritó el anciano—. "¡Sí!" Echó un poco el cuerpo hacia adelante a examinar al recién nacido, le dió un beso balbuciente y tembloroso, un beso de muerte, y sin mirar siquiera a su yerno se dejó caer pesadamente sobre la almohada y sin sentido. Y sin haberlo recobrado murióse dos días después.

Vistieron de luto, con un lienzo negro, el escudo de la fachada de la casona, y el negro del lienzo empezó desde luego a ajarse con el sol, que le daba de lleno durante casi todo el día. Y un aire de luto pareció caer sobre la casa toda, a la que no llevó alegría ninguna el niño.

La pobre Luisa, la madre, salió extenuada del parto. Empeñóse en un principio en criar a la criatura, pero tuvo que desistir de ello. "Pecho mercenario..., pecho mercenario..." Suspiraba. "¡Ahora, Tristán, a criar al marqués!" —le repetía a su marido.

Tristán había caído en una tristeza indefinible y se sentía envejecer. "Soy como una dependencia de la casa, casi un mueble" —se decía—. Y desde la calleja solía contemplar el balcón del que fué dormitorio de Luisa, balcón ya sin tiestos de flores.

—Si volviésemos a poner flores en tu balcón, Luisa... —se atrevió a decirle una vez a su mujer.

—Aquí no hay más flor que el marqués —le contestó ella.

El pobre sufría con que a su hijo no se le llamase sino el marqués. Y huyendo de casa, dió en refugiarse en la Catedral. Otras veces salía, yéndose no se sabía adónde. Y lo que más le irritaba era que su mujer ni intentaba averiguarlo.

Luisa sentíase morir, que se le derretía gota a gota la vida. "Se me va la vida como un hilito de agua —decía—; siento que se me adelgaza la sangre; me zumba la cabeza, y si aun vivo, es porque me voy muriendo muy despacio... Y si lo siento, es por él, por mi marquesito, sólo por él... ¡Qué triste vida la de esta casa sin sol!... Yo creí que tú, Tristán, me hubieses traído sol, y libertad, y alegría; pero no, tú no me has traído más que al marquesito... ¡Tráemelo!" Y le cubría de besos lentos, temblorosos y febriles. Y a pesar de que se hablaran, entre marido y mujer se interponía una cortina de helado silencio. Nada decían de lo que más les atormentaba las mentes y los pechos.

Cuando Luisa sintió que el hilito de su vida iba a romperse, poniendo su mano fría sobre la frente del niño, de Rodriguín, le dijo al padre: "Cuida del marqués. ¡Sacrifícate al marqués! ¡Ah, y a ella dile que la perdono!" "¿Y a mí?" —gimió Tristán—. "¿A ti? ¡Tú no necesitas ser perdonado!" Palabras que cayeron como una terrible sentencia sobre el pobre hombre. Y poco después de oírlas se quedó viudo.

* * *

Viudo, joven, dueño de una considerable fortuna, la de su hijo el marqués, y preso en aquel lúgubre caserón cerrado al sol, con recuerdos que siendo de muy pocos años le parecían ya viejísimos. Pasábase las horas muertas en un balcón de la trasera de la casona, entre la yedra, oyendo el zumbido del río. Poco después reanudaba las sesiones de tresillo. Y se pasaba largos ratos encerrado con el penitenciario, revisando, se decía, los papeles del difunto marqués y arreglando su testamentaría.

Pero lo que dió un día que hablar en toda la ciudad de Lorenza fué que, después de una ausencia de unos días, volvió Tristán a la casona con Carolina, su cuñada, y ahora su nueva mujer. ¿Pues no se decía que había entrado monja? ¿Dónde, y cómo vivió durante aquellos cuatro años?

Carolina volvió arrogante y con un aire de insólito desafío en la mirada. Lo primero que hizo al volver fué mandar quitar el lienzo de luto que cubría el escudo de la casa. "Que le da el sol —exclamó—, que le da el sol, y soy capaz de mandar embadurnarlo de miel para que se llene de moscas. Luego mandó quitar la yedra.

"Pero Carolina —suplicaba Tristán—, déjate de antiguallas!"

El niño, el marquesito, sintió, desde luego, en su nueva madre al enemigo. No se avino a llamarla mamá, a pesar de los ruegos de su padre; la llamó siempre tía. "¿Pero quién le ha dicho que soy su tía? —preguntó ella—. ¿Acaso Mariana?" "No lo sé, mujer, no lo sé —contestaba Tristán—; pero aquí, sin saber cómo, todo se sabe." "¿Todo?" "Sí, todo; esta casa parece que lo dice todo..." "Pues callemos nosotros."

La vida pareció adquirir dentro de la casona una recogida intensidad acerba. El matrimonio salía muy poco de su cuarto, en el que retenía Carolina a Tristán. Y en tanto, el marquesito quedaba a merced de los criados y de un preceptor que iba a diario a enseñarle las primeras letras, y del penitenciario, que se cuidaba de educarle en religión.

Reanudóse la partida de tresillo; pero durante ella, Carolina, sentada junto a su marido, seguía las jugadas de éste y le guiaba en ellas. Y todos notaban que no hacía sino buscar ocasión de ponerle la mano sobre la mano, y que de continuo estaba apoyándose en su brazo. Y al ir a dar las diez, le decía: "¡Tristán, ya es hora!" Y de casa no salía él sino con ella, que se le dejaba casi colgar del brazo y que iba barriendo la calle con una mirada de desafío.

* * *

El embarazo de Carolina fué penosísimo. Y parecía no desear al que iba a venir. Cuando hubo nacido, ni quiso verlo. Y al decirle que era una niña, que nació desmedrada y enteca, se limitó a contestar secamente: "¡Sí, nuestro castigo!" Y cuando poco después la pobre criatura empezó a morir, dijo la madre: "Para la vida que hubiese llevado..."

—Tú estás así muy solo —le dijo años después un día Carolina a su sobrino, el marquesito—; necesitas compañía y quien te estimule a estudiar, y así, tu padre y yo hemos decidido traer a casa a un sobrino, a uno que se ha quedado solo...

El niño, que ya a la sazón tenía diez años, y que era de una precocidad enfermiza y triste, quedóse pensativo.

Cuando vino el otro, el intruso, el huérfano, el marquesito se puso en guardia, y la ciudad toda de Lorenza no hizo sino comentar el extraordinario suceso. Todos creyeron que como Carolina no había logrado tener hijos suyos, propios, traía el adoptivo, el intruso, para molestar y oprimir al otro, al de su hermana.

Los dos niños se miraron, desde luego, como enemigos, porque si imperioso era el uno, no lo era menos el otro. "Pues tú qué te crees —le decía Pedrito a Rodriguín, ¿que porque eres marqués vas a mandarme...? Y si me fastidias mucho, me voy y te dejo solo." "Déjame solo, que es como quiero estar, y tú vuélvete adonde los tuyos." Pero llegaba Carolina, y con un "¡niños!" los hacía mirarse en silencio.

—Tío —(que así le llamaba), fué diciéndole una vez Pedrito a Tristán—, yo me voy, yo me quiero ir, yo quiero volverme con mis tías; no le puedo resistir a Rodriguín; siempre me está echando en cara que yo estoy aquí para servirle y como de limosna.

—Ten paciencia, Pedrín, ten paciencia; ¿no la tengo yo?—. Y cogiéndole al niño la cabecita se la apretó a la boca y lloró sobre ella, lloró copiosa, lenta y silenciosamente.

Aquellas lágrimas las sentía el niño como un riego de piedad. Y sintió una profunda pena por el pobre hombre, por el pobre padre del marquesito.

La que no lloraba era Carolina.

* * *

Y sucedió que un día, estando marido y mujer muy arrimados en un sofá, cogidos de las manos y mirando al vacío penumbroso de la estancia, sintieron ruido de pendencia, y al punto entraron los niños, sudorosos y agitados. "¡Yo me voy! ¡Yo me voy!" —gritaba Pedrito—. "¡Vete, vete y no vuelvas a mi casa" —le contestaba Rodriguín. Pero cuando Carolina vió sangre en las narices de Pedrito, saltó como una leona hacia él, gritando: "¡Hijo mío! ¡Hijo mío!" Y luego, volviéndose al marquesito, le escupió esta palabra: "¡Caín!"

—¿Caín? ¿Es acaso mi hermano? —preguntó abriendo cuanto pudo los ojos el marquesito.

Carolina vaciló un momento. Y luego, como apuñándose el corazón, dijo von voz ronca: "¡Pero es mi hijo!"

—¡Carolina! —gimió su marido.

—Sí —prosiguió el marquesito—, ya presumía yo que era su hijo, y por ahí lo dicen... Pero lo que no sabemos es quién sea su padre, ni si lo tiene.

Carolina se irguió de pronto. Sus ojos centelleaban y le temblaban los labios. Cogió a Pedrillo, a su hijo, lo apretó entre sus rodillas y, mirando duramente a su marido, exclamó:

—¿Su padre? Dile tú, el padre del marquesito, dile tú al hijo de Luisa, de mi hermana, dile tú al nieto de don Rodrigo Suárez de Tejada, marqués de Lumbría, dile quién es su padre. ¡Díselo! ¡Díselo!, que si no, se lo diré yo! ¡Díselo!

—¡Carolina! —suplicó llorando Tristán.

—¡Díselo! ¡Dile quién es el verdadero marqués de Lumbría!

—No hace falta que me lo diga —dijo el niño.

—Pues bien, sí: el marqués es éste, éste y no tú; éste, que nació antes que tú, y de mí, que era la mayorazga, y de tu padre, sí, de tu padre. Y

91

el mío, por eso del escudo... Pero yo haré quitar el escudo, y abriré todos los balcones al sol, y haré que se le reconozca a mi hijo como quien es: como el marqués.

Luego, empezó a dar voces llamando a la servidumbre, y a la señora, que dormitaba, ya casi en la imbecilidad de la segunda infancia. Y cuando tuvo a todos delante, mandó abrir los balcones de par en par, y a grandes voces se puso a decir con calma:

—Este, éste es el marqués, éste es el verdadero marqués de Lumbría; éste es el mayorazgo. Este es el que yo tuve de Tristán, de este mismo Tristán que ahora se esconde y llora, cuando él acababa de casarse con mi hermana, al mes de haberse ellos casado. Mi padre, el excelentísimo señor marqués de Lumbría, me sacrificó a sus principios, y acaso también mi hermana estaba comprometida como yo...

—¡Carolina! —gimió el marido.

—Cállate, hombre, que hoy hay que revelarlo todo. Tu hijo, vuestro hijo, ha arrancado sangre, ¡sangre azul! no, sino roja, y muy roja, de nuestro hijo, de mi hijo, del marqués...

—¡Qué ruido, por Dios! —se quejó la señora, acurrucándose en una butaca de un rincón.

—Y áhora —prosiguió Carolina dirigiéndose a los criados—, id y propalad el caso por toda la ciudad; decid en las plazuelas y en los patios y en las fuentes lo que me habéis oído; que lo sepan todos, que conozcan todos la mancha del escudo.

—Pero si toda la ciudad lo sabía ya... —susurró Mariana.

—¿Cómo? —gritó Carolina.

—Sí, señorita, sí; lo decían todos...

—Y para guardar un secreto que lo era a voces, para ocultar un enigma que no lo era para nadie, para cubrir unas apariencias falsas, ¿hemos vivido así, Tristán? ¡Miseria y nada más! Abrid esos balcones, que entre la luz, toda la luz y el polvo de la calle y las moscas, y mañana mismo se quitará el escudo. Y se pondrán tiestos de flores en todos los balcones, y se dará una fiesta invitando al pueblo de la ciudad, al verdadero pueblo. Pero no; la fiesta se dará el día en que éste, mi hijo, vuestro hijo, el que el penitenciario llama hijo del pecado, cuando el verdadero pecado es el que hizo hijo al otro, el día en que éste sea reconocido como quien es y marqués de Lumbría.

Al pobre Rodriguín tuvieron que recogerle de un rincón de la sala. Estaba pálido y febril. Y negóse luego a ver ni a su padre ni a su hermano.

—Le meteremos en un colegio —sentenció Carolina.

* * *

En toda la ciudad de Lorenza no se hablaba luego sino de la entereza varonil con que Carolina llevaba adelante sus planes. Salía a diario, llevando del brazo y como a un prisionero a su marido, y de la mano al hijo de su mocedad. Mantenía abiertos de par en par los balcones todos de la casona, y el sol ajaba el raso de los sillones y hasta daba en los retratos de los antepasados. Recibía todas las noches a los tertulianos del tresillo, que no se atrevieron a negarse a sus invitaciones, y era ella misma la que, teniendo al lado a su Tristán, jugaba con las cartas de éste. Y le acariciaba delante de los tertulianos, y dándole golpecitos en la mejilla, le decía: "¡Pero qué pobre hombre eres, Tristán!" Y luego a los otros: "¡Mi pobre maridito no sabe jugar solo!" Y cuando se habían ellos ido, le decía a él: "¡La lástima es, Tristán, que no tengamos más hijos... después de aquella pobre niña... aquélla sí que era hija del pecado, aquélla y no nuestro Pedrín...; pero ahora, a criar a éste, al marqués!"

Hizo que su marido lo reconociera como suyo, engendrado antes de él, su padre, haberse casado, y empezó a gestionar para su hijo, para su Pedrín, la sucesión del título. El otro, en tanto, Rodriguín, se consumía de rabia y de tristeza en un colegio.

—Lo mejor sería —decía Carolina— que le entre la vocación religiosa; ¿no la has sentido tú nunca, Tristán? Porque me parece que más naciste tú para fraile que para otra cosa...

—Y que lo digas tú, Carolina... —se atrevió a insinuar suplicante su marido.

—¡Sí, yo; lo digo yo, Tristán! Y no quieras envanecerte de lo que pasó, y que el penitenciario llama nuestro pecado, y mi padre, el marqués, la mancha de nuestro escudo. ¿Nuestro pecado? ¡El tuyo, no, Tristán; el tuyo, no! ¡Fuí yo quien te seduje, yo! Ella, la de los geranios, la que te regó el sombrero, el sombrero, y no la cabeza, con el agua de sus tiestos, ella te trajo acá, a la casona; pero quien te ganó fuí yo. ¡Recuérdalo! Yo quise ser la madre del marqués. Sólo que no contaba con el otro. Y el otro era fuerte, más fuerte que yo. Quise que te rebelaras, y tú no supiste, no pudiste rebelarte...

—Pero Carolina...

—Sí, sí, sé bien todo lo que hubo; lo sé. Tu carne ha sido simpre muy flaca. Y tu pecado fué el dejarte casar con ella; ése fué tu pecado. ¡Y lo que me hicisteis sufrir! Pero yo sabía que mi hermana, que Luisa, no podría resistir a su traición y a tu ignominia. Y esperé. Esperé pacientemente y criando a mi hijo. Y ¡lo que es criarlo cuando media entre los dos un terrible secreto! ¡Le he criado para la venganza! Y a ti, a su padre...

—Sí, que me despreciará...

—¡No, despreciarte, no! ¿Te desprecio yo acaso?

—¿Pues qué otra cosa?

—¡Te compadezco! Tú despertaste mi carne y con ella mi orgullo de mayorazga. Como nadie se podía dirigir a mí sino en forma y por medio de mi padre..., como yo no iba a asomarme como mi hermana al balcón, a sonreír a la calle..., como aquí no entraban más hombres que patanes de campo o esos del tresillo, patanes también de coro... Y cuando entraste aquí te hice sentir que la mujer era yo, yo, y no mi hermana... ¿Quieres que te recuerde la caída?

—¡No, por Dios, Carolina, no!

—Sí, mejor es que no te la recuerde. Y eres el hombre caído. ¿Ves cómo te decía que naciste para fraile? Pero no, no, tú naciste para que yo fuese la madre del marqués de Lumbría, de don Pedro Ibáñez del Gamonal y Suárez de Tejada. De quien haré un hombre. Y le mandaré labrar un escudo nuevo, de bronce, y no de piedra. Porque he hecho quitar el de piedra para poner en su lugar otro de bronce. Y en él una mancha roja, de rojo de sangre, de sangre roja, de sangre roja como la que su hermano, su medio hermano, tu otro hijo, el hijo de la traición y del pecado le arrancó de la cara, roja como mi sangre, como la sangre que también me hiciste sangrar tú... No te aflijas —y al decir esto le puso la mano sobre la cabeza—, no te acongojes, Tristán, mi hombre... Y mira ahí, mira el retrato de mi padre, y dime tú, que le viste morir, qué diría si viese a su otro nieto, al marqués... ¡Con que te hizo que le llevaras a tu hijo, al hijo de Luisa! Pondré en el escudo de bronce un rubí, y el rubí chispeará al sol. ¿Pues qué creíais, que no había sangre, sangre roja, roja y no azul, en esta casa? Y ahora, Tristán, en cuanto dejemos dormido a nuestro hijo, el marqués de sangre roja, vamos a acostarnos.

Tristán inclinó la cabeza bajo un peso de siglos.

NADA MENOS QUE TODO
UN HOMBRE

La fama de la hermosura de Julia estaba esparcida por toda la comarca que ceñía a la vieja ciudad de Renada; era Julia algo así como su belleza oficial, o como un monumento más, pero viviente y fresco, entre los tesoros arquitectónicos de la capital. "Voy a Renada —decían algunos— a ver la Catedral y a ver a Julia Yáñez." Había en los ojos de la hermosa como un agüero de tragedia. Su porte inquietaba a cuantos la miraban. Los viejos se entristecían al verla pasar, arrastrando tras sí las miradas de todos, y los mozos se dormían aquella noche más tarde. Y ella, consciente de su poder, sentía sobre sí la pesadumbre de un porvenir fatal. Una voz muy recóndita, escapada de lo más profundo de su conciencia, parecía decirle: "¡Tu hermosura te perderá!" Y se distraía para no oírla.

El padre de la hermosura regional, don Victorino Yáñez, sujeto de muy brumosos antecedentes morales, tenía puestas en la hija todas sus últimas y definitivas esperanzas de redención económica. Era agente de negocios, y éstos le iban de mal en peor. Su último y supremo negocio, la última carta que le quedaba por jugar, era la hija. Tenía también un hijo; pero era cosa perdida, y hacía tiempo que ignoraba su paradero.

—Ya no nos queda más que Julia —solía decirle a su mujer—; todo depende de cómo se nos case o de cómo la casemos. Si hace una tontería, y me temo que la haga, estamos perdidos.

—¿Y a qué le llamas hacer una tontería?

—Ya saliste tú con otra. Cuando digo que apenas si tienes sentido común, Anacleta...

—¡Y qué le voy a hacer, Victorino! Ilústrame tú, que eres aquí el único de algún talento...

—Pues lo que aquí hace falta, ya te lo he dicho cien veces, es que vigiles a Julia y le impidas que ande con esos noviazgos estúpidos, en que pierden el tiempo, las proporciones y hasta la salud las renatenses todas. No quiero nada de reja, nada de pelar la pava; nada de novios estudiantillos.

—¿Y qué le voy a hacer?

—¿Qué le vas a hacer? Hacerla comprender que el porvenir y el bienestar de todos nosotros, de ti y mío, y la honra, acaso, ¿lo entiendes...?

—Sí, lo entiendo.

—¡No, no lo entiendes! La honra, ¿lo oyes?, la honra de la familia depende de su casamiento. Es menester que se haga valer.

—¡Pobrecilla!

—¿Pobrecilla? Lo que hace falta es que no empiece a echarse novios absurdos, y que no lea esas novelas disparatadas que lee y que no hacen sino levantarle los cascos y llenarle la cabeza de humo.

—¡Pero y qué quieres que haga...!

—Pensar con juicio, y darse cuenta de lo que tiene con su hermosura, y saber aprovecharla.

—Pues yo, a su edad...

—¡Vamos, Anacleta, no digas más necedades! No abres la boca más que para decir majaderías. Tú, a su edad... Tú, a su edad... Mira que te conocí entonces...

—Sí, por desgracia...

Y separábanse los padres de la hermosura para recomenzar al siguiente día una conversación parecida.

Y la pobre Julia sufría, comprendiendo toda la hórrida hondura de los cálculos de su padre. "Me quiere vender —se decía—, para salvar sus negocios comprometidos; para salvarse acaso del presidio." Y así era.

Y por instinto de rebelión, aceptó Julia al primer novio.

—Mira, por Dios, hija mía —le dijo su madre—, que ya sé lo que hay, y le he visto rondando la casa, y hacerte señas, y sé que recibiste una carta suya, y que le contestaste...

—¿Y qué voy a hacer, mamá? ¿Vivir como

una esclava, prisionera, hasta que venga el sultán a quien papá me venda?

—No digas esas cosas, hija mía...

—¿No he de poder tener un novio, como le tienen las demás?

—Sí, pero un novio formal.

—¿Y cómo se va a saber si es formal o no? Lo primero es empezar. Para llegar a quererse, hay que tratarse antes.

—Quererse..., quererse...

—Vamos, sí, que debo esperar al comprador.

—Ni contigo ni con tu padre se puede. Así sois los Yáñez. ¡Ay, el día que me casé!

—Es lo que yo no quiero tener que decir un día.

Y la madre, entonces, la dejaba. Y ella, Julia, se atrevió, afrontando todo, a bajar a hablar con el primer novio a una ventana del piso bajo, en una especie de lonja. "Si mi padre nos sorprende así —pensaba—, es capaz de cualquier barbaridad conmigo. Pero, mejor, así se sabrá que soy una víctima, que quiere especular con mi hermosura." Bajó a la ventana, y en aquella primera entrevista le contó a Enrique, un incipiente tenorio renatense, todas las lóbregas miserias morales de su hogar. Venía a salvarla, a redimirla. Y Enrique sintió, a pesar de su embobecimiento por la hermosa, que le abatían los bríos. "A esta mocita —se dijo él— le da por lo trágico; lee novelas sentimentales." Y una vez que logró que se supiera en todo Renada cómo la consagrada hermosura regional le había admitido a su ventana, buscó el medio de desentenderse del compromiso. Bien pronto lo encontró. Porque una mañana bajó Julia descompuesta, con los espléndidos ojos enrojecidos, y le dijo:

—¡Ay, Enrique!; esto no se puede ya tolerar; esto no es casa ni familia: esto es un infierno. Mi padre se ha enterado de nuestras relaciones, y está furioso. ¡Figúrate que anoche, porque me defendí, llegó a pegarme!

—¡Qué bárbaro!

—No lo sabes bien. Y dijo que te ibas a ver con él...

—¡A ver, que venga! Pues no faltaba más.

Mas por lo bajo se dijo: "Hay que acabar con esto, porque ése ogro es capaz de cualquier atrocidad si ve que le van a quitar su tesoro; y como yo no puedo sacarle de trampas..."

—Di, Enrique, ¿tú me quieres?

—¡Vaya una pregunta ahora...!

—Contesta, ¿me quieres?

—¡Con toda el alma y con todo el cuerpo, nena!

—¿Pero de veras?

—¡Y tan de veras!

—¿Estás dispuesto a todo por mí?

—¡A todo, sí!

—Pues bien, róbame, llévame. Tenemos que

escaparnos; pero muy lejos, muy lejos, adonde no pueda llegar mi padre.

—¡Repórtate, chiquilla!

—No, no, róbame; si me quieres, róbame! ¡Róbale a mi padre su tesoro, y que no pueda venderlo! ¡No quiero ser vendida: quiero ser robada! ¡Róbame!

Y se pusieron a concertar la huída.

Pero al siguiente día, el fijado para la fuga, y cuando Julia tenía preparado su hatito de ropa, y hasta avisado secretamente el coche, Enrique no compareció. "¡Cobarde, más que cobarde! ¡Vil, más que vil! —se decía la pobre Julia, echada sobre la cama y mordiendo de rabia la almohada—. ¡Y decía quererme! No, no me quería a mí; quería mi hermosura. ¡Y ni esto! Lo que quería es jactarse ante toda Renada de que yo, Julia Yáñez, ¡nada menos que yo!, le había aceptado por novio. Y ahora irá diciendo cómo le propuse la fuga. ¡Vil, vil, vil! ¡Vil como mi padre; vil como hombre!" Y cayó en mayor desesperación.

—Ya veo, hija mía —le dijo su madre—, que eso ha acabado, y doy gracias a Dios por ello. Pero mira, tiene razón tu padre: si sigues así, no harás más que desacreditarte.

—¿Si sigo cómo?

—Así, admitiendo al primero que te solicite. Adquirirás fama de coqueta y...

—Y mejor, madre, mejor. Así acudirán más.

Sobre todo, mientras no pierda lo que Dios me ha dado.

—¡Ay, ay! De la casta de tu padre, hija.

Y, en efecto, poco después admitía a otro pretendiente a novio. Al cual le hizo las mismas confidencias, y le alarmó lo mismo que a Enrique. Sólo que Pedro era de más recio corazón. Y por los mismos pasos contados llegó a proponerle lo de la fuga.

—Mira, Julia —le dijo Pedro—, yo no me opongo a que nos fuguemos; es más, estoy encantado con ello, ¡figúrate tú! Pero y después que nos hayamos fugado, ¿adónde vamos, qué hacemos?

—¡Eso se verá!

—¡No, eso se verá, no! Hay que verlo ahora. Yo, hoy por hoy, y durante algún tiempo, no tengo de qué mantenerte; en mi casa sé que no nos admitirían; ¡y en cuanto a tu padre...! De modo que, dime, ¿qué hacemos después de la fuga?

—¿Qué? ¿No vas a volverte atrás?

—¿Qué hacemos?

—¿No vas a acobardarte?

—¿Qué hacemos, di?

—Pues... ¡suicidarnos!

—¡Tú estás loca, Julia!

—Loca, sí; loca de desesperación, loca de asco, loca de horror a este padre que me quiere vender... Y si tú estuvieses loco, loco de amor por mí, te suicidarías conmigo.

—Pero advierte, Julia, que tú quieres que esté loco de amor por ti para suicidarme contigo, y no dices que te suicidarás conmigo por estar loca de amor por mí, sino loca de asco a tu padre y a tu casa. ¡No es lo mismo!

—¡Ah! ¡Qué bien discurres! ¡El amor no discurre!

Y rompieron también sus relaciones. Y Julia se decía: "Tampoco éste me quería a mí, tampoco éste. Se enamoran de mi hermosura, no de mí. ¡Yo doy cartel!" Y lloraba amargamente.

—¿Ves, hija mía —le dijo su madre—: no lo decía? ¡Ya va otro!

—E irán cien, mamá; ciento, sí, hasta que encuentre el mío, el que me liberte de vosotros. ¡Querer venderme!

—Eso díselo a tu padre.

Y se fué doña Anacleta a llorar a su cuarto, a solas.

—Mira, hija mía —le dijo, al fin, a Julia su padre—, he dejado pasar eso de tus dos novios, y no he tomado las medidas que debiera; pero te advierto que no voy a tolerar más tonterías de esas. Conque ya lo sabes.

—¡Pues hay más! —exclamó la hija con amarga sorna y mirando a los ojos de su padre en son de desafío.

—¿Y qué hay? —preguntó éste, amenazador.

—Hay... ¡que me ha salido otro novio!

—¿Otro? ¿Quién?

—¿Quién? ¿A que no aciertas quién?

—Vamos, no te burles, y acaba, que me estás haciendo perder la paciencia.

—Pues nada menos que don Alberto Menéndez de Cabuérniga.

—¡Qué barbaridad! —exclamó la madre. Don Victorino palideció, sin decir nada. Don Alberto Menéndez de Cabuérniga era un riquísimo hacendado, disoluto, caprichoso en punto a mujeres, de quien se decía que no reparaba en gastos para conseguirlas; casado, y separado de su mujer. Había casado ya a dos, dotándolas espléndidamente.

—¿Y qué dices a eso, padre? ¿Te callas?

—¡Que estás loca!

—No, no estoy loca ni veo visiones. Pasea la calle, ronda la casa. ¿Le digo que se entienda contigo?

—Me voy, porque si no, esto acaba mal.

Y levantándose, el padre se fué de casa.

—¡Pero, hija mía, hija mía!

—Te digo, madre, que esto ya no le parece mal; te digo que era capaz de venderme a don Alberto.

La voluntad de la pobre muchacha se iba quebrantando. Comprendía que hasta una venta sería una redención. Lo esencial era salir de casa, huir de su padre, fuese como fuese.

* * *

Por entonces compró una dehesa en las cercanías de Renada —una de las más ricas y espaciosas dehesas— un indiano, Alejandro Gómez. Nadie sabía bien de su origen, nadie de sus antecedentes, nadie le oyó hablar nunca ni de sus padres, ni de sus parientes, ni de su pueblo, ni de su niñez. Sabíase sólo que, siendo muy niño, había sido llevado por sus padres a Cuba, primero, y a Méjico, después, y que allí, ignorábase cómo había fraguado una enorme fortuna, una fortuna fabulosa —hablábase de varios millones de duros—, antes de cumplir los treinta y cuatro años, en que volvió a España, resuelto a afincarse en ella. Decíase que era viudo y sin hijos, que corrían respecto a él las más fantásticas leyendas. Los que le trataban teníanle por hombre ambicioso y de vastos proyectos, muy voluntarioso, y muy tozudo, y muy reconcentrado. Alardeaba de plebeyo.

—Con dinero se va a todas partes —solía decir.

—No siempre, ni todos —le replicaban.

—¡Todos, no; pero los que han sabido hacerlo, sí! Un señoritingo de esos que lo han heredado, un condesito o duquesín de alfeñique, no, no va a ninguna parte, por muchos millones que tenga; ¿pero yo? ¿Yo? ¿Yo, que he sabido hacerlo por mí mismo, a puño? ¿Yo?

¡Y había que oír cómo pronunciaba "yo"! En esta afirmación personal se ponía el hombre todo.

—Nada que de veras me haya propuesto he dejado de conseguir. ¡Y si quiero, llegaré a ministro! Lo que hay es que yo no lo quiero.

* * *

A Alejandro le hablaron de Julia, la hermosura monumental de Renada. "¡Hay que ver eso!" —se dijo—. Y luego que la vió: "¡Hay que conseguirla!"

—¿Sabes, padre —le dijo un día al suyo Julia—, que ese fabuloso Alejandro, ya sabes, no se habla más que de él hace algún tiempo... el que ha comprado Carbajedo...?

—¡Sí, sí, sé quién es? ¿Y qué?

—¿Sabes que también ése me ronda?

—¿Es que quieres burlarte de mí, Julia?

—No, no me burlo, va en serio; me ronda.

—¡Te digo que no te burles...!

—¡Ahí tienes su carta!

Y sacó del seno una, que echó a la cara de su padre.

—¿Y qué piensas hacer? —le dijo éste.

—¡Pues qué he de hacer...! ¡Decirle que se vea contigo y que convengáis el precio!

Don Victorino atravesó con una mirada a

su hija y se salió sin decirle palabra. Y hubo unos días de lóbrego silencio y de calladas cóleras en la casa. Julia había escrito a su nuevo pretendiente una carta contestación henchida de sarcasmos y de desdénes, y poco después recibía otra con estas palabras, trazadas por mano ruda y en letras grandes, angulosas y claras: "Usted acabará siendo mía. Alejandro Gómez sabe conseguir todo lo que se propone." Y al leerlo, se dijo Julia: "¡Este es un hombre! ¿Será mi redentor? ¿Seré yo su redentora?" A los pocos días de esta segunda carta llamó don Victorino a su hija, se encerró con ella y casi de rodillas y con lágrimas en los ojos le dijo:

—Mira, hija mía, todo depende ahora de tu resolución: nuestro porvenir y mi honra. Si no aceptas a Alejandro, dentro de poco no podré ya encubrir mi ruina y mis trampas, y hasta mis...

—No lo digas.

—No, no podré encubrirlo. Se acaban los plazos. Y me echarán a presidio. Hasta hoy he logrado parar el golpe... ¡por ti! ¡Invocando tu nombre! Tu hermosura ha sido mi escudo. "Pobre chica", se decían.

—¿Y si le acepto?

—Pues bien; voy a decirte la verdad toda. Ha sabido mi situación, se ha enterado de todo, y ahora estoy ya libre y respiro, gracias a él. Ha pagado todas mis trampas; ha liberado mis...

—Sí, lo sé, no lo digas. ¿Y ahora?

—Que dependo de él, que dependemos de él, que vivo a sus expensas, que vives tú misma a sus expensas.

—Es decir, ¿que me has vendido ya?

—No, nos ha comprado.

—¿De modo que, quieras que no, soy ya suya?

—¡No, no exige eso; no pide nada, no exige nada!

—¡Qué generoso!

—¡Julia!

—Sí, sí, lo he comprendido todo. Dile que, por mí, puede venir cuando quiera.

Y tembló después de decirlo. ¿Quién había dicho esto? ¿Era ella? No; era más bien otra que llevaba dentro y la tiranizaba.

—¡Gracias, hija mía, gracias!

El padre se levantó para ir a besar a su hija; pero ésta, rechazándole, exclamó:

—¡No, no me manches!

—Pero hija.

—¡Vete a besar tus papeles! O mejor, las cenizas de aquellos que te hubiesen echado a presidio.

* * *

—¿No le dije yo a usted, Julia, que Alejandro Gómez sabe conseguir todo lo que se propone? ¿Venirme con aquellas cosas a mí? ¿A mí?

Tales fueron las primeras palabras con que el joven indiano potentado se presentó a la hija de don Victorino, en la casa de ésta. Y la muchacha tembló ante aquellas palabras, sintiéndose, por primera vez en su vida, ante un hombre. Y el hombre se le ofreció más rendido y menos grosero que ella esperaba.

A la tercera visita, los padres los dejaron solos. Julia temblaba. Alejandro callaba. Temblor y silencio se prolongaron un rato.

—Parece que está usted mala, Julia —dijo él.

—¡No, no; estoy bien!

—Entonces, ¿por qué tiembla así?

—Algo de frío acaso...

—No, sino miedo.

—¿Miedo? ¿Miedo de qué?

—¡Miedo... a mí!

—¿Y por qué he de tenerle miedo?

—Sí, me tiene miedo!

Y el miedo reventó deshaciéndose en llanto. Julia lloraba desde lo más hondo de las entrañas, lloraba con el corazón. Los sollozos le agarrotaban, faltábale el respiro.

—¿Es que soy algún ogro? —susurró Alejandro.

—¡Me han vendido! ¡Me han vendido! ¡Han traficado con mi hermosura! ¡Me han vendido!

—¿Y quién dice eso?

—¡Yo, lo digo yo! ¡Pero no, no seré de usted... sino muerta!

—Serás mía, Julia, serás mía... ¡Y me querrás! ¿Vas a no quererme a mí? ¿A mí? ¡Pues no faltaba más!

Y hubo en aquel *a mí* un acento tal, que se le cortó a Julia la fuente de las lágrimas, y como que se le paró el corazón. Miró entonces a aquel hombre, mientras una voz le decía: "¡Este es un hombre!"

—¡Puede usted hacer de mí lo que quiera!

—¿Qué quieres decir con eso? —preguntó él, insistiendo en seguir tuteándola.

—No sé... No sé lo que me digo...

—¿Qué es eso de que puedo hacer de ti lo que quiera?

—Sí, que puede...

—Pero es que lo que yo —y este *yo* resonaba triunfador y pleno— quiero es hacerte mi mujer.

A Julia se le escapó un grito, y con los grandes ojos hermosísimos irradiando asombro, se quedó mirando al hombre, que sonreía y se decía: "Voy a tener la mujer más hermosa de España."

—¿Pues qué creías...?

—Yo creí..., yo creí...

Y volvió a romper el pecho en lágrimas ahogantes. Sintió luego unos labios sobre sus labios y una voz que le decía:

—Sí, mi mujer, la mía..., mía..., mía... ¡Mi

115

mujer legítima, claro está! ¡La ley sancionará
mi voluntad! ¡O mi voluntad la ley!

—¡Sí... tuya!

Estaba rendida. Y se concertó la boda.

* * *

¿Qué tenía aquel hombre rudo y hermético
que, a la vez que le daba miedo, se le imponía?
Y, lo que era más terrible, le imponía una especie de extraño amor. Porque ella, Julia, no
quería querer a aquel, aventurero, que se había
propuesto tener por mujer a una de las más
hermosas y hacer que luciera sus millones; pero,
sin querer quererle, sentíase rendida a una su-
misión que era una forma de enamoramiento.
Era algo así como el amor que debe encenderse
en el pecho de una cautiva para con un arrogante conquistador. ¡No la había comprado, no!
Habíala conquistado.

"Pero él —se decía Julia—, ¿me quiere de
veras? ¿Me quiere a mí? ¿A mí?, como suele
decir él. ¡Y cómo lo dice! ¡Cómo pronuncia *yo*!
¿Me quiere a mí, o es que no busca sino lucir
mi hermosura? ¿Seré para él algo más que un
mueble costosísimo y rarísimo? ¿Estará de veras enamorado de mí? ¿No se saciará pronto
de mi encanto? De todos modos, va a ser mi
marido, y voy a verme libre de este maldito
hogar, libre de mi padre. ¡Porque no vivirá con

116

nosotros, no! Le pasaremos una pensión, y que siga insultando a mi pobre madre, y que se enrede con las criadas. Evitaremos que vuelva a entramparse. ¡Y seré rica, muy rica, inmensamente rica!"

Mas esto no la satisfacía del todo. Sabíase envidiada por las renatenses, y que hablaban de su suerte loca, y de que su hermosura le había producido cuanto podía producirla. Pero, ¿la quería aquel hombre? ¿La quería de veras? "Yo he de conquistar su amor —decíase—. Necesito que me quiera de veras; no puedo ser su mujer sin que me quiera, pues eso sería la peor forma de venderse. ¿Pero es que yo le quiero?" Y ante él sentíase sobrecogida, mientras una voz misteriosa, brotada de lo más hondo de sus entrañas, le decía: "¡Este es un hombre!" Cada vez que Alejandro decía *yo*, ella temblaba. Y temblaba de amor, aunque creyese otra cosa o lo ignorase.

* * *

Se casaron y fuéronse a vivir a la corte. Las relaciones y amistades de Alejandro eran merced a su fortuna, muchas, pero algo extrañas. Los más de los que frecuentaban su casa, aristócratas de blasón no pocos, antojábasele a Julia que debían ser deudores de su marido, que daba dinero a préstamos con sólidas hipotecas.

117

Pero nada sabía de los negocios de él ni éste le hablaba nunca de ellos. A ella no le faltaba nada; podía satisfacer hasta sus menores caprichos; pero le faltaba lo que más podía faltarle. No ya el amor de aquel hombre a quien se sentía subyugada y como por él hechizada, sino la certidumbre de aquel amor. "¿Me quiere, o no me quiere? —se preguntaba—. Me colma de atenciones, me trata con el mayor respeto, aunque algo como a una criatura voluntariosa; hasta me mima; ¿pero me quiere?" Y era inútil querer hablar de amor, de cariño, con aquel hombre.

—Solamente los tontos hablan esas cosas —solía decir Alejandro—. "Encanto..., rica..., hermosa..., querida..." ¿Yo? ¿Yo esas cosas? ¿Con esas cosas a mí? ¿A mí? Esas son cosas de novelas. Y ya sé que a ti te gustaba leerlas.

—Y me gusta todavía.

—Pues lee cuantas quieras. Mira, si te empeñas, hago construir en ese solar que hay ahí al lado un gran pabellón para biblioteca y te la lleno de todas las novelas que se han escrito desde Adán acá.

—¡Qué cosas dices...!

Vestía Alejandro de la manera más humilde y más borrosa posible. No era tan sólo que buscase pasar, por el traje, inadvertido: era que afectaba cierta ordinariez plebeya. Le costaba cambiar de vestidos, encariñándose con los que llevaba. Diríase que el día mismo en que estrenaba un traje se frotaba con él en las paredes para que pareciese viejo. En cambio, insistía en que ella, su mujer, se vistiese con la mayor elegancia posible y del modo que más hiciese resaltar su natural hermosura. No era nada tacaño en pagar; pero lo que mejor y más a gusto pagaba eran las cuentas de modistos y modistas, eran los trapos para su Julia.

Complacíase en llevarla a su lado y que resaltara la diferencia de vestido y porte entre uno y otra. Recreábase en que las gentes se quedasen mirando a su mujer, y si ella, a su vez, coqueteando, provocaba esas miradas, o no lo advertía él, o más bien fingía no advertirlo. Parecía ir diciendo a aquellos que la miraban con codicia de la carne: "¿Os gusta, eh? Pues me alegro; pero es mía, y sólo mía; conque... ¡rabiad!" Y ella, adivinando este sentimiento, se decía: "¿Pero me quiere o no me quiere este hombre?" Porque siempre pensaba en él como en *este hombre* como en su *hombre*. O mejor, el hombre de quien era ella, el amo. Y poco a poco se le iba formando alma de esclava de harén, de esclava favorita, de única esclava; pero de esclava al fin.

Intimidad entre ellos, ninguna. No se percataba de qué era lo que pudiese interesar a su señor marido. Alguna vez se atrevió ella a preguntarle por su familia.

—¿Familia? —dijo Alejandro—. Yo no tengo hoy más familia que tú, ni me importa. Mi familia soy yo, yo y tú, que eres mía.

—¿Pero y tus padres?

—Haz cuenta que no los he tenido. Mi familia empieza en mí. Yo me he hecho solo.

—Otra cosa querría preguntarte, Alejandro, pero no me atrevo...

—¿Que no te atreves? ¿Es que te voy a comer? ¿Es que me he ofendido nunca de nada de lo que hayas dicho?

—No, nunca, no tengo queja...

—¡Pues no faltaba más!

—No, no tengo queja; pero...

—Bueno, pregunta y acabemos.

—No, no te lo pregunto.

—¡Pregúntamelo!

Y de tal modo lo dijo, con tan redondo egoísmo, que ella, temblando de aquel modo, que era, a la vez que miedo, amor, amor rendido de esclava favorita, le dijo:

—Pues bueno, dime: ¿tú eres viudo...?

Pasó como una sombra un leve fruncimiento de entrecejo por la frente de Alejandro, que respondió:

—Sí, soy viudo.

—¿Y tu primera mujer?

—A ti te han contado algo...

—No; pero...

—A ti te han contado algo, di.

—Pues sí, he oído algo...

—¿Y lo has creído?

—No..., no lo he creído.

—Claro, no podías, no debías creerlo.

—No, no lo he creído.

—Es natural. Quien me quiere como me quieres tú, quien es tan mía como tú lo eres, no puede creer esas patrañas.

—Claro que te quiero... —y al decirlo esperaba a provocar una confesión recíproca de cariño.

—Bueno, ya te he dicho que no me gustan frases de novelas sentimentales. Cuanto menos se diga que se le quiere a uno, mejor.

Y, después de una breve pausa, continuó:

—A ti te han dicho que me casé en Méjico, siendo yo un mozo, con una mujer inmensamente rica y mucho mayor que yo, con una vieja millonaria, y que la obligué a que me hiciese su heredero y la maté luego. ¿No te han dicho eso?

—Sí, eso me han dicho.

—¿Y lo creíste?

—No, no lo creí. No pude creer que matases a tu mujer.

—Veo que tienes aún mejor juicio que yo creía. ¿Cómo iba a matar a mi mujer, a una cosa mía?

¿Qué es lo que hizo temblar a la pobre Julia al oír esto? Ella no se dió cuenta del origen de su temblor; pero fué la palabra *cosa* aplicada por su marido a su primera mujer.

—Habría sido una absoluta necedad —prosiguió Alejandro—. ¿Para qué? ¿Para heredarla? ¡Pero si yo disfrutaba de su fortuna lo mismo que disfruto hoy de ella! ¡Matar a la propia mujer! ¡No hay razón ninguna para matar a la propia mujer!

—Ha habido maridos, sin embargo, que han matado a sus mujeres —se atrevió a decir Julia.

—¿Por qué?

—Por celos, o porque les faltaron ellas...

—¡Bah, bah, bah! Los celos son cosas de estúpidos. Sólo los estúpidos pueden ser celosos, porque sólo a ellos les puede faltar su mujer. ¿Pero a mí? ¿A mí? A mí no me puede faltar mi mujer. ¡No pudo faltarme aquélla, no me puedes faltar tú!

—No digas esas cosas. Hablemos de otras.

—¿Por qué?

—Me duele oírte hablar así. ¡Como si me hubiese pasado por la imaginación, ni en sueños, faltarte...!

—Lo sé, lo sé sin que me lo digas; sé que no me faltarás nunca.

—¡Claro!

—Que no puedes faltarme. ¿A mí? ¿Mi mujer? ¡Imposible! Y en cuanto a la otra, a la primera, se murió ella sin que yo la matara.

Fué una de las veces en que Alejandro habló

más a su mujer. Y ésta quedóse pensativa y temblorosa. ¿La quería, sí o no, aquel hombre?

* * *

¡Pobre Julia! Era terrible aquel su nuevo hogar; tan terrible como el de su padre. Era libre, absolutamente libre; podía hacer en él lo que se le antojase, salir y entrar, recibir a las amigas y aun amigos que prefiriera. ¿Pero la quería, o no, su amo y señor? La incertidumbre del amor del hombre la tenía como presa en aquel dorado y espléndido calabozo de puerta abierta.

Un rayo de sol naciente entró en las tempestuosas tinieblas de su alma esclava cuando se supo encinta de aquel su señor marido. "Ahora sabré si me quiere o no", se dijo.

Cuando le anunció la buena nueva, exclamó aquél:

—Lo esperaba. Ya tengo un heredero y a quien hacer un hombre, otro hombre como yo. Le esperaba.

—¿Y si no hubiera venido? —preguntó ella.

—¡Imposible! Tenía que venir. ¡Tenía que tener un hijo yo, yo!

—Pues hay muchos que se casan y no lo tienen...

—Otros, sí. ¡Pero yo no! Yo tenía que tener un hijo.

—¿Y por qué?

—Porque tú no podías no habérmelo dado.

Y vino el hijo; pero el padre continuó tan hermético. Sólo se opuso a que la madre criara al niño.

—No, yo no dudo de que tengas salud y fuerzas para ello; pero las madres que crían se estropean mucho, y yo no quiero que te estropees: yo quiero que te conserves joven el mayor tiempo posible.

Y sólo cedió cuando el médico le aseguró que, lejos de estropearse, ganaría Julia con criar al hijo, adquiriendo una mayor plenitud su hermosura.

El padre rehusaba besar al hijo. "Con eso de los besuqueos no se hace más que molestarlos", decía. Alguna vez lo tomaba en brazos y se le quedaba mirando.

—¿No me preguntabas una vez por mi familia? —dijo un día Alejandro a su mujer—. Pues aquí la tienes. Ahora tengo ya familia y quien me herede y continúe mi obra.

Julia pensó preguntar a su marido cuál era su obra; pero no se atrevió a ello. "¡Mi obra! ¿Cuál sería la obra de aquel hombre?" Ya otra vez le oyó la misma expresión.

* * *

De las personas que más frecuentaban la casa eran los condes de Bordaviella, sobre todo él, el conde, que tenía negocios con Alejandro, quien le había dado a préstamo usurario cuantiosos caudales. El conde solía ir a hacerle la partida de ajedrez a Julia, aficionada a ese juego, y a desahogar en el seno de la confianza de su amiga, la mujer de su prestamista, sus infortunios domésticos. Porque el hogar condal de los Bordaviella era un pequeño infierno, aunque de pocas llamas. El conde y la condesa ni se entendían ni se querían. Cada uno de ellos campaba por su cuenta, y ella, la condesa, daba cebo a la maledicencia escandalosa. Corría siempre una adivinanza a ella atañedera: "¿Cuál es el cirineo de tanda del conde de Bordaviella?"; y el pobre conde iba a casa de la hermosa Julia a hacerle la partida de ajedrez y a consolarse de su desgracia buscando la ajena.

—¿Qué, habrá estado también hoy el conde ese? —preguntaba Alejandro a su mujer.

—El conde ese..., el conde ese...; ¿qué conde?

—¡Ese! No hay más que un conde, y un marqués, y un duque. O para mí todos son iguales y como si fuesen uno mismo.

—¡Pues sí, ha estado!

—Me alegro, si eso te divierte. Es para lo que sirve el pobre mentecato.

—Pues a mí me parece un hombre inteligente y culto, y muy bien educado y muy simpático...

—Sí, de los que leen novelas. Pero, en fin, si eso te distrae...

—Y muy desgraciado.

—¡Bah; él se tiene la culpa!

—¿Y por qué?

—Por ser tan majadero. Es natural lo que le pasa. A un mequetrefe como el conde ese es muy natural que le engañe su mujer. ¡Si eso no es un hombre! No sé cómo hubo quien se casó con semejante cosa. Por supuesto, que no se casó con él, sino con el título. ¡A mí me había de hacer una mujer lo que a ese desdichado le hace la suya…!

Julia se quedó mirando a su marido y, de pronto, sin darse apenas cuenta de lo que decía, exclamó:

—¿Y si te hiciese? ¿Si te saliese tu mujer como a él le ha salido la suya?

—Tonterías —y Alejandro se echó a reír—. Te empeñas en sazonar nuestra vida con sal de libros. Y si es que quieres probarme dándome celos, te equivocas. ¡Yo no soy de esos! ¿A mí con esas? ¿A mí? Diviértete en embromar al majadero de Bordaviella.

"¿Pero será cierto que este hombre no siente celos? —se decía Julia—. ¿Será cierto que le tiene sin cuidado que el conde venga y me ronde y me corteje como me está rondando y cortejando? ¿Es seguridad en mi fidelidad y cariño? ¿Es seguridad en su poder sobre mí? ¿Es indiferencia? ¿Me quiere o no me quiere?" Y empezaba a exasperarse. Su amo y señor marido le estaba torturando el corazón.

La pobre mujer se obstinaba en provocar celos en su marido, como piedra de toque de su querer, mas no lo conseguía.

—¿Quieres venir conmigo a casa del conde?

—¿A qué?

—¡Al té!

—¿Al té? No me duelen las tripas. Porque en mis tiempos y entre los míos no se tomaba esa agua sucia más que cuando le dolían a uno las tripas. ¡Buen provecho te haga! Y consuélale un poco al pobre conde. Allí estará también la condesa con su último amigo, el de turno. ¡Vaya una sociedad! ¡Pero, en fin, eso viste!

* * *

En tanto, el conde proseguía el cerco de Julia. Fingía estar acongojado por sus desventuras domésticas para así excitar la compasión de su amiga, y por la compasión llevarla al amor, y al amor culpable, a la vez que procuraba darla a entender que conocía algo también de las interioridades del hogar de ella.

—Sí, Julia, es verdad; mi casa es un infierno, un verdadero infierno, y hace usted bien en compadecerme como me compadece. ¡Ah, si nos hubiésemos conocido antes! ¡Antes de yo haberme uncido a mi desdicha! Y usted...

—Yo a la mía, ¿no es eso?

—¡No, no; no quería decir eso..., no!

—¿Pues qué es lo que usted quería decir, conde?

—Antes de haberse usted entregado a ese otro hombre, a su marido...

—¿Y usted sabe que me habría entregado entonces a usted?

—¡Oh, sin duda, sin duda...!

—¡Qué petulantes son ustedes los hombres!

—¿Petulantes?

—Sí, petulantes. Ya se supone usted irresistible.

—¡Yo..., no!

—¿Pues quién?

—¿Me permite que se lo diga, Julia?

—¡Diga lo que quiera!

—¡Pues bien, se lo diré! ¡Lo irresitible habría sido, no yo, sino mi amor. ¡Sí, mi amor!

—¿Pero es una declaración en regla, señor conde? Y no olvide que soy una mujer casada, honrada, enamorada de su marido...

—Eso...

—¿Y se permite usted dudarlo? Enamorada, sí, como me lo oye, sinceramente enamorada de mi marido.

—Pues lo que es él...

—¿Eh? ¿Qué es eso? ¿Quién le ha dicho a usted que él no me quiere?

—¡Usted misma!

—¿Yo? ¿Cuándo le he dicho yo a usted que Alejandro no me quiere? ¿Cuándo?

—Me lo ha dicho con los ojos, con el gesto, con el porte...

—¡Ahora me va a salir con que he sido yo quien le he estado provocando a que me haga el amor...! ¡Mire usted, señor conde, ésta va a ser la última vez que venga a mi casa!

—¡Por Dios, Julia!

—¡La última vez, he dicho!

—¡Por Dios, déjeme venir a verla, en silencio, a contemplarla, a enjugarme, viéndola, las lágrimas que lloro hacia adentro!...

—¡Qué bonito!

—Y lo que le dije, que tanto pareció ofenderla...

—¿Pareció? ¡Me ofendió!

—¿Es que puedo yo ofenderla?

—¡Señor conde...!

—Lo que la dije, y que tanto la ofendió, fué tan sólo que, si nos hubiésemos conocido antes de haberme yo entregado a mi mujer y usted a su marido, yo la habría querido con la misma locura que hoy la quiero... ¡Déjeme desnudarme el corazón! Yo la habría querido con la misma locura con que hoy la quiero y habría conquistado su amor con el mío. No con mi valor, no; no con mi mérito, sino sólo a fuerza de cariño. Que no soy yo, Julia, de esos hombres que creen domeñar y conquistar a la mujer por su propio mérito, por ser quienes son; no soy de esos que exigen se los quiera, sin dar, en cambio, su cariño. En mí, pobre noble venido a menos, no cabe tal orgullo.

Julia absorbía lentamente y gota a gota el veneno.

—Porque hay hombres —prosiguió el conde— incapaces de querer; pero que exigen que se los quiera, y creen tener derecho al amor y a la fidelidad incondicionales de la pobre mujer que se les rinde. Hay quienes toman una mujer hermosa y famosa por su hermosura para envanecerse de ello, de llevarla al lado como podrían llevar una leona domesticada, y decir: "Mi leona; ¿veis cómo me está rendida?" ¿Y por eso querría a su leona?

—Señor conde..., señor conde, que está usted entrando en un terreno...

Entonces el de Bordaviella se le acercó aún más, y casi al oído, haciéndola sentir en la oreja, hermosísima rosada concha de carne entre zarcillos de pelo castaño refulgente, el cosquilleo de su aliento entrecortado, le susurró:

—Donde estoy entrando es en tu conciencia, Julia.

El *tu* arreboló la oreja culpable.

El pecho de Julia ondeaba como el mar al acercarse la galerna.

—Sí, Julia, estoy entrando en tu conciencia.

—¡Déjeme, por Dios, señor conde, déjeme! ¡Si entrase él ahora...!

—No, él no entrará. A él no le importa nada de ti. Él nos deja así, solos, porque no te quiere... ¡No, no te quiere! ¡No te quiere, Julia, no te quiere!

—Es que tiene absoluta confianza en mí...

—¡En ti, no! En sí mismo. ¡Tiene absoluta confianza, ciego, en sí mismo! Cree que a él, por ser él, él, Alejandro Gómez, el que ha fraguado una fortuna..., no quiero saber cómo..., cree que a él no es posible que le falte mujer alguna. A mí me desprecia, lo sé...

—Sí, le desprecia a usted...

—¡Lo sabía! Pero tanto como a mí te desprecia a ti...

—¡Por Dios, señor conde, por Dios, cállese, que me está matando!

—¡Quien te matará es él, él, tu marido, y no serás la primera!

—¡Eso es una infamia, señor conde; eso es una infamia! ¡Mi marido no mató a su mujer! ¡Y váyase, váyase; váyase y no vuelva!

—Me voy; pero... volveré. Me llamarás tú.

Y se fué, dejándola malherida en el alma. "¿Tendrá razón este hombre? —se decía—. ¿Será así? Porque él me ha revelado lo que yo no quería decirme ni a mí misma. ¿Será verdad que me desprecia? ¿Será verdad que no me quiere?"

* * *

Empezó a ser pasto de los cotarros de maledicencia de la corte lo de las relaciones entre Julia y el conde de Bordaviella. Y Alejandro, o no se enteraba de ello, o hacía como si no se enterase. A algún amigo que empezó a hacerle veladas insinuaciones le atajó diciéndole: "Ya sé lo que me va usted a decir; pero déjelo. Esas no son más que habladurías de las gentes. ¿A mí? ¿A mí con esas? ¡Hay que dejar que las mujeres románticas se hagan las interesantes!" ¿Sería un...? ¿Sería un cobarde?

Pero una vez que en el Casino se permitió uno, delante de él, una broma de ambiguo sentido respecto a cuernos, cogió una botella y se la arrojó a la cabeza, descalabrándole. El escándalo fué formidable.

—¿A mí? ¿A mí con bromitas de esas? —decía con su voz y su tono más contenidos—. Como si no le entendiese... Como si no supiera las necedades que corren por ahí, entre los majaderos, a propósito de los caprichos novelescos de mi pobre mujer... Y estoy dispuesto a cortar de raíz esas hablillas...

—Pero no así, don Alejandro —se atrevió a decirle uno.

—¿Pues cómo? ¡Dígame cómo!

—¡Cortando la raíz y motivo de las tales ha-blillas!

—¡Ah, ya! ¿Que prohiba la entrada del conde en mi casa?

—Sería lo mejor.

—Eso sería dar la razón a los maldicientes. Y yo no soy un tirano. Si a mi pobre mujer le divierte el conde ese, que es un perfecto y abso-luto mentecato, se lo juro a usted, es un mente-cato, inofensivo, que se las echa de tenorio...; si a mi pobre mujer le divierte ese fantoche, ¿voy a quitarle la diversión porque los demás mentecatos den en decir esto o lo otro? ¡Pues no faltaba más...! Pero, ¿pegármela a mí? ¿A mí? ¡Ustedes no me conocen!

—Pero, don Alejandro, las apariencias...

—¡Yo no vivo de apariencias, sino de reali-dades!

Al día siguiente se presentaron en casa de Alejandro dos caballeros, muy graves, a pe-dirle una satisfacción en nombre del ofendido.

—Díganle ustedes —les contestó— que me pase la cuenta del médico o cirujano que le asista y que la pagaré, así como los daños y perjuicios a que haya lugar.

—Pero don Alejandro...

—¿Pues qué es lo que ustedes quieren?

—¡Nosotros, no! El ofendido exige una re-paración..., una satisfacción..., una explicación honrosa...

—No les entiendo a ustedes..., ¡o no quiero entenderles!

—¡Y si no, un duelo!

—¡Muy bien! Cuando quiera. Díganle que cuando quiera. Pero para eso no es menester que ustedes se molesten. No hacen falta padrinos. Díganle que en cuanto se cure de la cabeza, quiero decir, del botellazo..., que me avise, que iremos donde él quiera, nos encerraremos y la emprenderemos uno con otro a trompada y a patada limpias. No admito otras armas. Y ya verá quién es Alejandro Gómez.

—¡Pero, don Alejandro, usted se está burlando de nosotros! —exclamó uno de los padrinos.

—¡Nada de eso! Ustedes son de un mundo y yo de otro. Ustedes vienen de padres ilustres, de familias linajudas... Yo, se puede decir que no he tenido padres ni tengo otra familia que la que yo me he hecho. Yo vengo de la nada, y no quiero entender esas andróminas del Código del honor. ¡Conque ya lo saben ustedes!

Levantáronse los padrinos, y uno de ellos, poniéndose muy solemne, con cierta energía, mas no sin respeto —que al cabo se trataba de un poderoso millonario y hombre de misteriosa procedencia—, exclamó:

—Entonces, señor don Alejandro Gómez, permítame que se lo diga...

—Diga usted todo lo que quiera; pero midiendo sus palabras, que ahí tengo a la mano otra botella.

—¡Entonces —y levantó más la voz—, señor don Alejandro Gómez, usted no es un caballero!

—¡Y claro que no lo soy, hombre, claro que no lo soy! ¡Caballero yo! ¿Cuándo? ¿De dónde? Yo me crié burrero y no caballero, hombre. Y ni en burro siquiera solía ir a llevar la merienda al que decían que era mi padre, sino a pie, a pie y andando. ¡Claro que no soy un caballero! ¿Caballerías? ¿Caballerías a mí? ¿A mí? Vamos..., vamos...

—Vámonos, sí —dijo un padrino al otro—, que aquí no hacemos ya nada. Usted, señor don Alejandro, sufrirá las consecuencia de esta, su incalificable conducta.

—Entendido, y a ella me atengo. Y en cuanto a ese..., a ese caballero de lengua desenfrenada a quien descalabré la cabeza, díganle, se lo repito, que me pase la cuenta del médico, y que tenga en adelante cuenta con lo que dice. Y ustedes, si alguna vez —que todo pudiera ser— necesitaran algo de este descalificado, de este millonario salvaje, sin sentido del honor caballeresco, pueden acudir a mí, que los serviré, como he servido y sirvo a otros caballeros.

—¡Esto no se puede tolerar, vámonos! —exclamó uno de los padrinos.

Y se fueron.

* * *

Aquella noche contaba Alejandro a su mujer la escena de la entrevista con los padrinos, después de haberle contado lo del botellazo, y se regodeaba en el relato de su hazaña. Ella lo oía despavorida.

—¿Caballero yo? ¿Yo caballero? —exclamaba él—. ¿Yo? ¿Alejandro Gómez? ¡Nunca! ¡Yo no soy más que un hombre, pero todo un hombre, nada menos que todo un hombre!

—¿Y yo? —dijo ella, por decir algo.

—¿Tú? ¡Toda una mujer! Y una mujer que lee novelas! ¡Y él, el condesito ese del ajedrez, un nadie, nada más que un nadie! ¿Por qué te he de privar el que te diviertas con él como te divertirías con un perro faldero? Porque compres un perrito de esos de lanas, o un gatito de Angora, o un tití, y le acaricies y hasta le besuquees, ¿voy a coger el perrito, o el michino, o el tití y voy a echarlos por el balcón a la calle? ¡Pues estaría bueno! Mayormente, que podían caerle encima a uno que pasase. Pues lo mismo es el condesito ese, otro gozquecillo, o michino, o tití. ¡Diviértete con él cuando te plazca!

—Pero, Alejandro, tienen razón en lo que te dicen... Tienes que negarle la entrada a ese hombre...

—¿Hombre?

—Bueno. Tienes que negarle la entrada al conde de Bordaviella.

—¡Niégasela tú! Cuando no se la niegas es que maldito lo que ha conseguido ganar tu corazón. Porque si hubieras llegado a empezar a interesarte por él, ya le habrías despachado para defenderte del peligro.

—¿Y si estuviese interesada...?

—¡Bueno, bueno...! ¡Ya salió aquello! ¡Ya salió lo de querer darme celos! ¿A mí? ¿Pero cuándo te convencerás, mujer, de que yo no soy como los demás?

* * *

Cada vez comprendía menos Julia a su marido; pero cada vez se encontraba más subyugada a él y más ansiosa de asegurarse de si le quería o no. Alejandro, por su parte, aunque seguro de la fidelidad de su mujer, o mejor de que a él, a Alejandro —¡nada menos que todo un hombre!—, no podía faltarle su mujer —¡la suya!— diciéndose: "A esta pobre mujer le está trastornando la vida de la corte y la lectura de novelas", decidió llevarla al campo. Y se fueron a una de sus dehesas.

—Una temporadita de campo te vendrá muy bien —le dijo—. Eso templa los nervios. Por supuesto, si es que piensas aburrirte sin tu michino, puedes invitarle al condezuelo ese a que nos acompañe. Porque ya sabes que yo no tengo celos, y estoy seguro de ti, de mi mujer.

Allí, en el campo, las cavilaciones de la pobre Julia se exacerbaron. Aburríase grandemente. Su marido no la dejaba leer.

—Te he traído para eso, para apartarte de los libros y cortar de raíz tu neurastenia, antes de que se vuelva cosa peor.

—¿Mi neurastenia?

—¡Pues claro! Todo lo tuyo no es más que eso. La culpa de todo ello la tienen los libros.

—¡Pues no volveré a leer más!

—No, yo no exijo tanto... Yo no te exijo nada. ¿Soy acaso algún tirano yo? ¿Te he exigido nunca nada?

—No. ¡Ni siquiera exiges que te quiera!

—¡Naturalmente, como que eso no se puede exigir! Y, además, como sé que me quieres y no puedes querer a otro... Después de haberme conocido y de saber, gracias a mí, lo que es un hombre, no puedes ya querer a otro, aunque te lo propusieras. Te lo aseguro yo... Pero no hablemos de cosas de libros. Ya te he dicho que no me gustan novelerías. Esas son bobadas para hablar con condesitos al tomar el té.

Vino a aumentar la congoja de la pobre Julia el que llegó a descubrir que su marido andaba en torpes enredos con una criada zafia y nada bonita. Y una noche, después de cenar, encontrándose los dos solos, la mujer dijo de pronto:

—No creas, Alejandro, que no me he percatado del lío que traes con la Simona...

—Ni yo lo he ocultado mucho. Pero eso no tiene importancia. Siempre gallina, amarga la cocina.

—¿Qué quieres decir?

—Que eres demasiado hermosa para diario.

La mujer tembló. Era la primera vez que su marido la llamaba así, a boca llena: hermosa. Pero, ¿la querría de veras?

—¡Pero con ese pingo!... —dijo Julia por decir algo.

—Por lo mismo. Hasta su mismo desaseo me hace gracia. No olvides que yo casi me crié en un estercolero, y tengo algo de lo que un amigo mío llama la voluptuosidad del pringue. Y ahora, después de este entremés rústico, apreciaré mejor tu hermosura, tu elegancia y tu pulcritud.

—No sé si me estás adulando o insultando.

—¡Bueno! ¡La neurastenia! ¡Y yo que te creía en camino de curación!...

—Por supuesto, vosotros los hombres podéis hacer lo que se os antoje, y faltarnos...

—¿Quién te ha faltado?

—¡Tú!

—¿A eso llamas faltarte? ¡Bah, bah! ¡Los libros, los libros! Ni a mí se me da un pitoche de la Simona, ni...

—¡Claro! ¡Ella es para ti como una perrita, o una gatita, o una mona!

—¡Una mona, exacto; nada más que una

mona! Es a lo que más se parece. ¡Tú los has dicho: una mona! ¿Pero he dejado por eso de ser tu marido?

—Querrás decir que no he dejado yo por eso de ser tu mujer...

—Veo, Julia, que vas tomando talento...

—¡Claro, todo se pega!

—¿Pero de mí, por supuesto, y no del michino?

—¡Claro que de ti!

—Pues bueno; no creo que este incidente rústico te ponga celosa... ¿Celos tú? ¿Tú? ¿Mi mujer? ¿Y de esa mona? Y en cuanto a ella, ¡la doto, y encantada!

—Claro, en teniendo dinero...

—Y con esa dote se casa volando, y le aporta ya al marido, con la dote, un hijo. Y si el hijo sale a su padre, que es nada menos que todo un hombre, pues el novio sale con doble ganancia.

—¡Calla, calla, calla!

La pobre Julia se echó a llorar.

—Yo creí —concluyó Alejandro— que el campo te había curado la neurastenia. ¡Cuidado con empeorar!

A los dos días de esto volvíanse a la corte.

* * *

Y Julia volvió a sus congojas, y el conde de Bordaviella a sus visitas, aunque con más cautela. Y ya fué ella, Julia, la que, exasperada, empezó a prestar oídos a las venenosas insinuaciones del amigo, pero sobre todo a hacer ostentación de la amistad ante su marido, que alguna vez se limitaba a decir: "Habrá que volver al campo y someterte a tratamiento."

Un día, en el colmo de la exasperación, asaltó Julia a su marido, diciéndole:

—¡Tú no eres un hombre, Alejandro, no, no eres un hombre!

—¿Quién, yo? ¿Y por qué?

—No, no eres un hombre, no lo eres!

—Explícate.

—Ya sé que no me quieres; que no te importa de mí nada; que no soy para ti ni la madre de tu hijo; que no te casaste conmigo nada más que por vanidad, por jactancia, por exhibirme, por envanecerte con mi hermosura, por...

—¡Bueno, bueno; ésas son novelerías! ¿Por qué no soy hombre?

—Ya sé que no me quieres...

—Ya te he dicho cien veces que eso de querer y no querer, y amor, y todas esas andróminas, son conversaciones de té condal o danzante.

—Ya sé que no me quieres...

—Bueno, ¿y qué más?...

—Pero eso de que consientas que el conde, el michino, como tú le llamas, entre aquí a todas horas...

—¡Quien lo consiente eres tú!

—¿Pues no he de consentirlo, si es mi amante? Ya lo has oído, mi amante. ¡El michino es
mi amante!

Alejandro permanecía impasible mirando a su
mujer. Y ésta, que esperaba un estallido del
hombre, exaltándose aún más, gritó:

—¿Y qué? ¿No me matas ahora como a la
otra?

—Ni es verdad que maté a la otra, ni es verdad que el michino sea tu amante. Estás min-
tiendo para provocarme. Quieres convertirme en
un Otelo. Y mi casa no es teatro. Y si sigues
así, va a acabar todo ello en volverte loca y en
que tengamos que encerrarte.

—¿Loca? ¿Loca yo?

—¡De remate! ¡Llegarse a creer que tiene un
amante! ¡Es decir, querer hacérmelo creer!
¡Como si mi mujer pudiese faltarme a mí! ¡A
mí! Alejandro Gómez no es ningún michino;
¡es nada menos que todo un hombre! Y no, no
conseguirás lo que buscas, no conseguirás que
yo te regale los oídos con palabras de novelas
y de tes danzantes o condales. Mi casa no es
un teatro.

—¡Cobarde! ¡Cobarde! ¡Cobarde! —gritó ya
Julia, fuera de sí!—. ¡Cobarde!

—Aquí va a haber que tomar medidas —dijo
el marido.

Y se fué.

* * *

A los dos días de esta escena, y después de haberla tenido encerrada a su mujer durante ellos, Alejandro la llamó a su despacho. La pobre Julia iba aterrada. En el despacho la esperaban, con su marido, el conde de Bordaviella y otros dos señores.

—Mira, Julia —le dijo con terrible calma su marido—. Estos dos señores son dos médicos alienistas, que vienen, a petición mía, a informar sobre tu estado para que podamos ponerte en cura. Tú no estás bien de la cabeza, y en tus ratos lúcidos debes comprenderlo así.

—¿Y qué haces tú aquí, Juan? —preguntó Julia al conde, sin hacer caso a su marido.

—¿Lo ven ustedes? —dijo éste dirigiéndose a los médicos—. Persiste en su alucinación; se empeña en que este señor es...

—¡Sí, es mi amante! —le interrumpió ella—. Y si no que lo diga él.

El conde miraba al suelo.

—Ya ve usted, señor conde —dijo Alejandro al de Bordaviella—, cómo persiste en su locura. Porque usted no ha tenido, no ha podido tener, ningún género de esas relaciones con mi mujer...

—¡Claro que no! —exclamó el conde.

—¿Lo ven ustedes? —añadió Alejandro volviéndose a los médicos.

—Pero cómo —gritó Julia—, ¿te atreves tú,

tú, Juan, tú, mi michino, a negar que he sido tuya?

El conde temblaba bajo la mirada fría de Alejandro, y dijo:

—Repórtese, señora, y vuelva en sí. Usted sabe que nada de eso es verdad. Usted sabe que si yo frecuentaba esta casa era como amigo de ella, tanto de su marido como de usted misma, señora, y que yo, un conde de Bordaviella, jamás afrentaría así a un amigo como...

—Como yo —le interrumpió Alejandro—. ¿A mí? ¿A mí? ¿A Alejandro Gómez? Ningún conde puede afrentarme, ni puede mi mujer faltarme. Ya ven ustedes, señores, que la pobre está loca...

—¿Pero también tú, Juan? ¿También tú, michino? —gritó ella—. ¡Cobarde! ¡Cobarde! ¡Cobarde! ¡Mi marido te ha amenazado, y por miedo, por miedo, cobarde, cobarde, cobarde, no te atreves a decir la verdad y te prestas a esta farsa infame para declararme loca! ¡Cobarde, cobarde, villano! Y tú también, como mi marido...

—¿Lo ven ustedes, señores? —dijo Alejandro a los médicos.

La pobre Julia sufrió un ataque, y quedó como deshecha.

—Bueno; ahora, señor mío —dijo Alejandro dirigiéndose al conde—, nosotros nos vamos, y dejemos que estos dos señores facultativos, a

solas con mi pobre mujer, completen su reco-
nocimiento.

El conde le siguió. Y ya fuera de la estancia,
le dijo Alejandro:

—Con que ya lo sabe usted, señor conde: o
mi mujer resulta loca, o les levanto a usted y a
ella las tapas de los sesos. Usted escogerá.

—Lo que tengo que hacer es pagarle lo que
le debo, para no tener más cuentas con usted.

—No; lo que debe hacer es guardar la lengua. Conque quedamos en que mi mujer está
loca de remate y usted es un tonto de capirote.
¡Y ojo con ésta! —y le enseñó una pistola.

Cuando, algo después, salían los médicos del
despacho de Alejandro, decíanse:

—Esta es una tremenda tragedia. ¿Y qué hacemos?

—¿Qué vamos a hacer sino declararla loca?
Porque, de otro modo, ese hombre la mata a
ella y le mata a ese desdichado conde.

—Pero, ¿y la conciencia profesional?

—La conciencia consiste aquí en evitar un
crimen mayor.

—¿No sería mejor declararle loco a él, a don
Alejandro?

—No, él no es loco: es otra cosa.

—Nada menos que todo un hombre, como
dice él.

—¡Pobre mujer! ¡Daba pena oírle! Lo que

yo me temo es que acabe por volverse de veras loca.

—Pues con declararla tal, acaso la salvamos. Por lo menos se la apartaría de esta casa.

Y, en efecto, la declararon loca. Y con esa declaración fué encerrada por su marido en un manicomio.

* * *

Toda una noche espesa, tenebrosa y fría, sin estrellas, cayó sobre el alma de la pobre Julia al verse encerrada en el manicomio. El único consuelo que le dejaban es el de que le llevaran casi a diario a su hijito para que lo viera. Tomábalo en brazos y le bañaba la carita con sus lágrimas. Y el pobrecito niño lloraba sin saber por qué.

—¡Ay, hijo mío, hijo mío! —le decía—. ¡Si pudiese sacarte toda la sangre de tu padre!... ¡Porque es tu padre!

Y a solas se decía la pobre mujer, sintiéndose al borde de la locura: "¿Pero no acabaré por volverme de veras loca en esta casa, y creer que no fué sino un sueño y alucinación lo de mi trato con ese infame conde? ¡Cobarde, sí, cobarde, villano! ¡Abandonarme así! ¡Dejar que me encerraran aquí! ¡El michino, sí, el michino! Tiene razón mi marido. Y él, Alejandro, ¿por qué no nos mató? ¡Ah, no! ¡Esta es más terrible venganza! ¡Matarle a ese villano mi-

chino...! No, humillarle, hacerle mentir y abandonarme. ¡Temblaba ante mi marido, sí, temblaba ante él! ¡Ah, es que mi marido es un hombre! ¿Y por qué no me mató? ¡Otelo me habría
matado! Pero Alejandro no es Otelo, no es tan
bruto como Otelo. Otelo era un moro impetuo-
so, pero poco inteligente. Y Alejandro... Alejandro tiene una poderosa inteligencia al servicio
de su infernal soberbia plebeya. No, ese hombre no necesitó matar a su primera mujer; la
hizo morir. Se murió ella de miedo ante él. ¿Y a
mí me quiere?"

Y allí, en el manicomio, dió otra vez en tri-
llar su corazón y su mente con el triturador
dilema: "¿Me quiere, o no me quiere?" Y se decía luego: "¡Yo sí que le quiero! ¡Y ciegamente!"

Y por temor a enloquecer de veras, se fingió
curada, asegurando que habían sido alucinaciones lo de su trato con el de Bordaviella. Avi-
sáronselo al marido.

Un día llamaron a Julia adonde su marido la
esperaba, en un locutorio. Entró él, y se arrojó
a sus pies sollozando:

—¡Perdóname, Alejandro, perdóname!

—Levántate, mujer —y la levantó.

—¡Perdóname!

—¿Perdonarte? ¿Pero de qué? Si me habían
dicho que estabas ya curada..., que se te habían quitado las alucinaciones...

Julia miró a la mirada fría y penetrante de su marido con terror. Con terror y con un loco cariño. Era un amor ciego, fundido con un terror no menos ciego.

—Sí, tienes razón, Alejandro, tienes razón; he estado loca, loca de remate. Y por darte celos, nada más que por darte celos, inventé aquellas cosas. Todo fué mentira. ¿Cómo iba a faltarte yo? ¿Yo? ¿A ti? ¿A ti? ¿Me crees ahora?

—Una vez, Julia —le dijo con voz de hielo su marido—, me preguntaste si era o no verdad que yo maté a mi primera mujer, y, por contestación, te pregunté yo a mi vez que si podías creerlo. ¿Y qué me dijiste?

—¡Que no lo creía, que no podía creerlo!

—Pues ahora yo te digo que no creí nunca, que no pude creer que tú te hubieses entregado al michino ese. ¿Te basta?

Julia temblaba, sintiéndose al borde de la locura; de la locura del terror y de amor fundidos.

—Y ahora —añadió la pobre mujer abrazando a su marido y hablándole al oído—; ahora, Alejandro, dime, ¿me quieres?

Y entonces vió en Alejandro, su pobre mujer, por vez primera, algo que nunca antes en él viera; le descubrió un fondo del alma terrible y hermética que el hombre de la fortuna guardaba celosamente sellado. Fué como si un relámpago de luz tempestuosa alumbrase por un momento el lago negro, tenebroso de aquella alma, haciendo relucir su sobrehaz. Y fué que vió asomar dos lágrimas en los ojos fríos y cortantes como navajas de aquel hombre. Y estalló:

—¡Pues no he de quererte, hija mía, pues no he de quererte! ¡Con toda el alma, y con toda la sangre, y con todas las entrañas; más que a mí mismo! Al principio, cuando nos casamos, no. ¿Pero ahora? ¡Ahora, sí! Ciegamente, locamente. Soy yo tuyo más que tú mía.

Y besándola con una furia animal, febril, encendido, como loco, balbuceaba: "¡Julia! ¡Julia! ¡Mi diosa! ¡Mi todo!"

Ella creyó volverse loca al ver desnuda el alma de su marido.

—Ahora quisiera morirme, Alejandro —le murmuró al oído, reclinando la cabeza sobre su hombro.

A estas palabras, el hombre pareció despertar y volver en sí como de un sueño; y como si se hubiese tragado con los ojos, ahora otra vez fríos y cortantes, aquellas dos lágrimas, dijo:

—Esto no ha pasado, ¿eh, Julia? Ya lo sabes; pero yo no he dicho lo que he dicho... ¡Olvídalo!

—¿Olvidarlo?

—¡Bueno, guárdatelo, y como si no lo hubieses oído!

—Lo callaré...

—¡Cállatelo a ti misma!

—Me lo callaré; pero...

—¡Basta!

—Pero, por Dios, Alejandro, déjame un momento, un momento siquiera... ¿Me quieres por mí, por mí, y aunque fuese de otro, o por ser yo cosa tuya?

—Ya te he dicho que lo debes olvidar. Y no me insistas, porque si insistes, te dejo aquí. He venido a sacarte; pero has de salir curada.

—¡Y curada estoy! —afirmó la mujer con brío.

Y Alejandro se llevó su mujer a su casa.

* * *

Pocos días después de haber vuelto Julia del manicomio, recibía el conde de Bordaviella, no una invitación, sino un mandato de Alejandro para ir a comer a su casa.

"Como ya sabrá usted, señor conde —le decía en una carta—, mi mujer ha salido del manicomio completamente curada; y como la pobre, en la época de su delirio, le ofendió a usted gravemente, aunque sin intención ofensiva, suponiéndole capaz de infamias de que es usted, un perfecto caballero, absolutamente incapaz, le ruego, por mi conducto, que venga pasado mañana, jueves, a acompañarme a comer, para darle las satisfacciones que a un caballero, como es usted, se le deben. Mi mujer se lo ruega y yo se lo ordeno. Porque si usted no viene ese día a recibir esas satisfacciones y explicaciones, sufrirá las consecuencias de ello. Y usted sabe bien de lo que es capaz

Alejandro Gómez."

El conde de Bordaviella llegó a la cita pálido, tembloroso y desencajado. La comida transcurrió en la más lóbrega de las conversaciones. Se habló de todas las mayores frivolidades —los criados delante—, entre las bromas más espesas y feroces de Alejandro. Julia le acompañaba. Después de los postres, Alejandro, dirigiéndose al criado, le dijo: "Trae el té."

—¿Té? —se le escapó al conde.

—Sí, señor conde —le dijo el señor de la casa—. Y no es que me duelan las tripas, no; es para estar más a tono. El té va muy bien con las satisfacciones entre caballeros.

Y volviéndose al criado: "¡Retírate!"

Quedáronse los tres solos. El conde temblaba. No se atrevía a probar el té.

—Sírveme a mí primero, Julia —dijo el marido—. Y yo lo tomaré antes para que vea usted, señor conde, que en mi casa se puede tomar todo con confianza.

—Pero si yo...

—No, señor conde; aunque yo no sea un caballero, ni mucho menos, no he llegado aún a eso. Y ahora mi mujer quiere darle a usted unas explicaciones.

Alejandro miró a Julia, y ésta, lentamente, con voz fantasmática, empezó a hablar. Estaba espléndidamente hermosa. Los ojos le relucían con un brillo como de relámpago. Sus palabras fluían frías y lentas, pero se adivinaba que por debajo de ellas ardía un fuego consumidor.

—He hecho que mi marido le llame, señor conde —dijo Julia—, porque tengo que darle una satisfacción por haberle ofendido gravemente.

—¿A mí, Julia?

—¡No me llame usted Julia! Sí, a usted. Cuando me puse loca, loca de amor por mi marido, buscando a toda costa asegurarme de si me quería o no, quise tomarle a usted de instrumento para excitar sus celos, y en mi locura llegué a acusarle a usted de haberme seducido. Y esto fué un embuste, y habría sido una infamia de mi parte si yo no hubiese estado, como estaba, loca. ¿No es así, señor conde?

—Sí, así es, doña Julia...

—Señora de Gómez —corrigió Alejandro.

—Lo que le atribuí a usted, cuando le llamábamos mi marido y yo el michino—, ¡perdónenoslo usted!

—¡Por perdonado!

—Lo que le atribuí entonces fué una acción villana e infame, indigna de una caballero como usted...

—¡Muy bien —agregó Alejandro—, muy

bien! Acción villana e infame, indigna de un caballero; ¡muy bien!

—Y aunque, como le repito, se me puede y debe excusar en atención a mi estado de entonces, yo quiero, sin embargo, que usted me perdone. ¿Me perdona?

—Sí, sí; le perdono a usted todo; les perdono a ustedes todo —suspiró el conde más muerto que vivo y ansioso de escapar cuanto antes de aquella casa.

—¿A ustedes? —le interrumpió Alejandro—. A mí no me tiene usted nada que perdonar.

—¡Es verdad, es verdad!

—Vamos, cálmese —continuó el marido—, que le veo a usted agitado. Tome otra taza de té. Vamos, Julia sírvele otra taza al señor conde. ¿Quiere usted tila en ella?

—No..., no...

—Pues bueno, ya que mi mujer le dijo lo que tenía que decirle, y usted le ha perdonado su locura, a mí no me queda sino rogarle que siga usted honrando nuestra casa con sus visitas. Después de lo pasado, usted comprenderá que sería de muy mal efecto que interrumpiéramos nuestras relaciones. Y ahora que mi mujer está ya, gracias a mí, completamente curada; no corre usted ya peligro alguno con venir acá. Y en prueba de mi confianza en la total curación de mi mujer, ahí les dejo a ustedes dos solos, por si ella quiere decirle algo que no se atreve a decírselo delante de mí, o que yo, por delicadeza, no deba oír.

Y se salió Alejandro, dejándolos cara a cara y a cuál de los dos más sorprendidos de aquella conducta. "¡Qué hombre!", pensaba él, el conde, y Julia: "¡Este es un hombre!"

Siguióse un abrumador silencio. Julia y el conde no se atrevían a mirarse. El de Bordaviella miraba a la puerta por donde saliera el marido.

—No —le dijo Julia—, no mire usted así; no conoce usted a mi marido, a Alejandro. No está detrás de la puerta espiando lo que digamos.

—¡Qué sé yo...! Hasta es capaz de traer testigos...

—¿Por qué dice usted eso, señor conde?

—¿Es que no me acuerdo de cuando trajo a los dos médicos en aquella horrible escena en que me humilló cuanto más se puede y cometió la infamia de hacer que la declarasen a usted loca?

—Y así era la verdad, porque si no hubiese estado yo entonces loca, no habría dicho, como dije, que era usted mi amante...

—Pero...

—¿Pero qué, señor conde?

—¿Es que quieren ustedes declararme a mí loco o volverme tal? ¿Es que va usted a negarme, Julia...?

—¡Doña Julia o señora de Gómez!

—¿Es que va usted a negarme, señora de Gómez que, fuese por lo que fuera, acabó usted, no ya sólo aceptando mis galanteos...; no, galanteos, no; mi amor...?

—¡Señor conde...!

—¿Que acabó, no sólo aceptándolos, sino que era usted la que provocaba y que aquello iba...?

—Ya le he dicho a usted, señor conde, que estaba entonces loca, y no necesito repetírselo.

—¿Va usted a negarme que empezaba yo a ser su amante?

—Vuelvo a repetirle que estaba loca.

—No se puede estar ni un momento más en esta casa. ¡Adiós!

El conde tendió la mano a Julia, temiendo que se la rechazaría. Pero ella se la tomó y le dijo:

—Conque ya sabe usted lo que le ha dicho mi marido. Usted puede venir acá cuando quiera, y ahora que estoy yo, gracias a Dios y a Alejandro, completamente curada, curada del todo, señor conde, sería de mal efecto que usted suspendiera sus visitas.

—Pero, Julia...

—¿Qué? ¿Vuelve usted a las andadas? ¿No le he dicho que estaba entonces loca?

—A quien le van a volver ustedes loco, entre su marido y usted, es a mí...

—¿A usted? ¿Loco a usted? No me parece fácil...

—¡Claro! ¡El michino!

Julia se echó a reír. Y el conde, corrido y abochornado, salió de aquella casa decidido a no volver más a ella.

* * *

Todas estas tormentas de su espíritu quebrantaron la vida de la pobre Julia, y se puso gravemente enferma. enferma de la mente. Ahora sí que parecía de veras que iba a enloquecer. Caía con frecuencia en delirios, en los que llamaba a su marido con las más ardientes y apasionadas palabras. Y el hombre se entregaba a los transportes dolorosos de su mujer procurando calmarla. "¡Tuyo, tuyo, tuyo, sólo tuyo y nada más que tuyo!", le decía al oído, mientras ella, abrazada a su cuello, se lo apretaba casi a punto de ahogarlo.

La llevó a la dehesa a ver si el campo la curaba. Pero el mal la iba matando. Algo terrible le andaba por las entrañas.

Cuando el hombre de fortuna vió que la muerte le iba a arrebatar su mujer, entró en un furor frío y persistente. Llamó a los mejores médicos. "Todo era inútil", le decían.

—¡Sálvemela usted!— le decía al médico.

—¡Imposible, don Alejandro, imposible!

—¡Sálvemela usted, sea como sea! ¡Toda mi fortuna, todos mis millones por ella, por su vida!

—¡Imposible, don Alejandro, imposible!

—¡Mi vida, mi vida por la suya! ¿No sabe usted hacer eso de la transfusión de la sangre? Sáqueme toda la mía y désela a ella. Vamos, sáquemela.

—¡Imposible, don Alejandro, imposible!

—¿Cómo imposible? ¡Mi sangre, toda mi sangre por ella!

—¡Sólo Dios puede salvarla!

—¡Dios! ¿Dónde está Dios? Nunca pensé en Él.

Y luego a Julia, su mujer, pálida, pero cada vez más hermosa, hermosa con la hermosura de la inminente muerte, le decía:

—¿Dónde está Dios, Julia?

Y ella, señalándoselo con la mirada hacia arriba, poniéndosele con ello los grandes ojos casi blancos, le dijo con una hebra de voz:

—¡Ahí le tienes!

Alejandro miró al crucifijo, que estaba a la cabecera de la cama de su mujer, lo cogió y, apretándolo en el puño, le decía: "Sálvamela, sálvamela y pídeme todo, todo, todo; mi fortuna toda, mi sangre toda, yo todo... todo yo."

Julia sonreía. Aquel furor ciego de su marido le estaba llenando de una luz dulcísima el alma. ¡Qué feliz era al cabo! ¿Y dudó nunca de que aquel hombre la quisiese?

Y la pobre mujer iba perdiendo la vida gota a gota. Estaba marmórea y fría. Y entonces el marido se acostó con ella y la abrazó fuertemente, y quería darle todo su calor, el calor que se le escapaba a la pobre. Y le quiso dar su aliento. Estaba como loco. Y ella sonreía.

—Me muero, Alejandro, me muero.

—¡No, no te mueres —le decía él—, no puedes morirte!

—¿Es que no puede morirse tu mujer?

—No; mi mujer no puede morirse. Antes me moriré yo. A ver, que venga la muerte, que venga. ¡A mí! ¡A mí la muerte! ¡Que venga!

—¡Ay, Alejandro, ahora lo doy todo por bien padecido...! ¡Y yo que dudé de que me quisieras...!

—¡Y no, no te quería, no! Eso de querer, te lo he dicho mil veces, Julia, son tonterías de libros. ¡No te quería, no! ¡Amor..., amor! Y esos miserables cobardes, que hablan de amor, dejan que se les mueran sus mujeres. No, no es querer... No te quiero...

—¿Pues qué? —preguntó Julia con la más delgada hebra de su voz, volviendo a ser presa de su vieja congoja.

—No, no te quiero... ¡Te... te... te..., no hay palabra! —estalló en secos sollozos, en sollozos que parecían un estertor, un estertor de pena y de amor salvaje.

—¡Alejandro!

Y en esta débil llamada había todo el triste júbilo del triunfo.

—¡Y no, no te morirás; no te puedes morir;

no quiero que te mueras! ¡Mátame, Julia, y vive! ¡Vamos, mátame, mátame!

—Sí, me muero...

—¡Y yo contigo!

—¿Y el niño, Alejandro?

—Que se muera también. ¿Para qué le quiero sin ti?

—Por Dios, por Dios, Alejandro, que estás loco...

—Sí, yo, yo soy el loco, yo el que estuve siempre loco..., loco de ti, Julia, loco por ti... Yo, yo el loco. ¡Y mátame, llévame contigo!

—Si pudiera...

—Pero no, mátame y vive, y sé tuya...

—¿Y tú?

—¿Yo? ¡Si no puedo ser tuyo, de la muerte!

Y la apretaba más y más, queriendo retenerla.

—Bueno, y al fin, dime, ¿quién eres, Alejandro? —le preguntó al oído Julia.

—¿Yo? ¡Nada más que tu hombre..., el que tú me has hecho!

Este nombre sonó como un susurro de ultramuerte, como desde la ribera de la vida, cuando la barca parte por el lago tenebroso.

Poco después sintió Alejandro que no tenía entre sus brazos de atleta más que un despojo. En su alma era noche cerrada y arrecida. Se levantó y quedóse mirando a la yerta y exánime hermosura. Nunca la vió tan espléndida. Parecía bañada por la luz del alba eterna de después de la última noche. Y por encima de aquel recuerdo en carne ya fría sintió pasar, como una nube de hielo, su vida toda, aquella vida que ocultó a todos, hasta sí mismo. Y llegó a su niñez terrible y a cómo se estremecía bajo los despiadados golpes del que pasaba por su padre, y cómo maldecía de él, y cómo una tarde, exasperado, cerró el puño, blandiéndolo, delante de un Cristo de la iglesia de su pueblo.

Salió al fin del cuarto, cerrando tras sí la puerta. Y buscó al hijo. El pequeñuelo tenía poco más de tres años. Lo cogió el padre y se encerró con él. Empezó a besarlo con frenesí. Y el niño, que no estaba hecho a los besos de su padre, que nunca recibiera uno de él, y que acaso adivinó la salvaje pasión que los llenaba, se echó a llorar.

—¡Calla, hijo mío, calla! ¿Me perdonas lo que voy a hacer? ¿Me perdonas?

El niño callaba, mirando despavorido al padre, que buscaba en sus ojos, en su boca, en su pelo, los ojos, la boca, el pelo de Julia.

—¡Perdóname, hijo mío, perdóname!

Se encerró un rato en arreglar su última voluntad. Luego se encerró de nuevo con su mujer, con lo que fué su mujer.

—Mi sangre por la tuya —le dijo, como si le oyera, Alejandro—. La muerte te llevó. ¡Voy a buscarte!

Creyó un momento ver sonreír a su mujer y

que movía los ojos. Empezó a besarla frenéticamente por si así la resucitaba, a llamarla, a decirle ternezas terribles al oído. Estaba fría.

Cuando más tarde tuvieron que forzar la puerta de la alcoba mortuoria, encontráronlo abrazado a su mujer y blanco del frío último, desangrado y ensangrentado.

Salamanca, abril de 1916.

ÍNDICE

ÍNDICE DE AUTORES DE LA COLECCIÓN AUSTRAL

HASTA EL NÚMERO 1276

ÍNDICE DE AUTORES

* Volumen extra.